レベル無限の契約者

Contractor on an Infinite Level

～神剣とスキルで世界最強～

わたがし大五郎

イラスト
秋咲りお

TOブックス

Contractor on an Infinite Level

Contents

Illustration 秋咲りお
Design BEE-PEE

Prologue.　神剣と契約者

灰色の空に、竜の悲鳴がどこまでも響く。

焼け焦（こ）げた大地の中心で、俺は荒廃した世界を眺めていた。

この世界の終わりの如き状況を作り上げたのは、紛れもなく俺たちだった。

「――どうかしら？　これが、あたしたちの力よ」

これほどの魔法を使えるようになるとは、聞いていなかった。

神剣と契約し、力を解放したことで、最強最悪の種族――竜の命が次々と消えていく。

手に握っている彼女を眺めていると、手足が痺（しび）れ、血の気が引いていく。

全身を引き裂くような痛みが走り、俺は意識を手放した。

†×†

俺、グラッドは世界を恨んでいた。

これでも、幼い頃は平凡な人生を歩んでいたのだが、十年前のことだ。

両親がギャンブルに依存して借金が膨らみ、領主の屋敷から金を盗んで失踪してしまったことで、全責任が俺に押し寄せた。おかげで投獄されかけたが、人権派で知られる神父様の温情によって減刑を受けることができたわけだ。

それから俺は傭兵（ようへい）として働きながら、両親の後始末をするハメになった。

傭兵とは、金のために争いを代行する者たちのことを呼ぶ。命懸けの仕事のため、高額の賃金が保証されているのが特徴だろうか。もっとも金の殆どは借金の返済に当てられてしまうので、手元には僅（わず）かな金しか残らなかったが。

――あれから月日が経ち、今年で二十五歳になる。

ようやく借金も返済が終わり、それなりに平穏な日々を迎えていたはずだった。

しかし、一か月前のことだ。

友人が領主の宝石を盗み、その罪を俺になすりつけやがった。

何も知らなかった俺は激怒した領主に呼び出され、事情を知ったわけだ。

何度も無実を訴えたが信用されず、ろくな調査もされずに投獄され、竜の生贄（いけにえ）として捧げられることが決定した。

あんまりな仕打ちであった。

　数日かけて竜の渓谷（けいこく）まで運ばれ、極寒の祭壇に放り出される。

　と、他にも生贄がいた。

「うぅ……助けて……！」

　金髪碧眼（きんぱつへきがん）のラミアであった。

　ラミアは女性しか生まれない珍しい種族で、上半身は人間でありながら、下半身は蛇のような姿をしている人外（じんがい）である。

　人外とは、人に分類されながらも動物のような見た目を持つものたちのことを総称して呼ぶ。ただし人間に比べて地位が弱く、世界中で迫害されている傾向が強い。

　おそらく、彼女も些細なことで生贄にされたんじゃないだろうか？

「死にたくないよぅ……」

　すぐに影が空を覆った。

　夜の暗さとは明らかに違う。仰げば、月を隠すほどの巨大な竜が飛んでいる。

　俺たちを餌（えさ）として喰らうつもりなのだろう。

「や、やだ！　誰か、助けて……！」

　震え、泣き叫ぶラミア。

　どうにかして助けてやりたいが、今の俺は剣すらも持ってない。

この状況で助けるなんて無理だった。

でも。

「放っておけないよな……」

胸の奥底で熱い何かが煮えたぎっている。

もしここで俺に注意を惹きつけられれば、ラミアを逃がすことができるかもしれない。

だが、相手は竜だ。ここで立ち向かえば確実に殺される。苦しみながら、恨み言を吐きながら、みっともなく俺は死ぬことになるだろう。

——それでも、助けないと駄目だって思ったんだ。

俺には居場所がない。帰る場所がない。

それなら最後に人助けをして、自己満足に浸りながら、優越感に溺れて消えていくのも悪くないと思った。

それに、ここで彼女を助けなかったら、生き残っても後悔するような気がしたから……。

だから、立ち上がった。

「おい、ドラゴン……どこ、見てんだよ……！」

声は震えていたと思う。俺は挑発し、体当たりをぶちかました。

竜はジロリと睨んでから尾を振り回す。直撃した。

俺は地面を小石のように跳ね、凄まじい勢いで地面に叩きつけられる。肺が潰れたかのように呼吸ができない。骨も何本か折れているらしく、激痛が走る。

痛い……痛くて、震えが止まらない……。

それでも、必死に尾を掴(つか)んだ。掴み続けた。手放さなかった。

逃げろっ、と叫び続けた。

ラミアは躊躇(ちゅうちょ)をしていたものの、やがて意を決したように逃げていく。

そう、それでいいんだ。これで彼女は助かる。これで良かったんだ。

安堵した俺は、意識を失う瞬間まで竜を引きつけた。

といっても、数十秒に満たなかったと思う。

薄れゆく意識のなか、最後に思い浮かんだのは過去の記憶であった。

——一目惚れしたあの娘に告白したら、恋人を紹介された十二歳の夏。

——初めての給料で奮発した、ちょっと高めのステーキ。

——両親に捨てられても、前向きに生きてきた輝かしい日々。

毎日が楽しかったんだ。

子供みたいにウキウキして、明日が来るのを楽しみにしていたんだ。

それなのに、どうして……どうして、俺は死なないといけないんだろう……。

意識が暗転する。竜に飲み込まれる。

やりたいことがたくさんあったのに、俺の人生はここで終わるのだ。

……そのはずだったのに。

「もしもし、生きてるかしら？　驚いたわ、まさか人間が落ちてくるなんてね」

どうして、少女の声が聞こえるんだろうか。

†×†

「そこのあなた、生きているわよね？」

最初は幻聴かと思った。なにせ、ここは竜の胃袋だ。

しかし、確かに声が聞こえてくる。声の主を探してみるが誰もいない。代わりに俺の隣に一本の長剣が転がっていた。不思議な力を感じる。

「よかった、あたしの声が聞こえるみたいねっ」

間違いない。長剣から声が聞こえてくる。

「ねね、ここから出たいと思わない？」

なんだこの剣……どうして、喋(しゃべ)っているんだ？　疑問を投げかけようとしたが、想像以上に怪我が酷かったらしく、血を吐いてしまった。

「ちょ、ちょっとしっかりしなさい！　すぐに治療してあげるからねっ！」

そんな俺を心配してくれたのか、剣の悲痛な叫びが頭に響く。

「——癒しの風よ。恵みの雨よ。正しき者を癒しなさい……。ヒーリング！」

それは魔法だった。

途端に傷が癒え、ぼんやりとしていた視界が晴れていく。

魔法とは、マナを利用して様々な超常現象を引き起こす、不思議な力のことを呼ぶ。

当然、誰にでも扱えるわけじゃない。

深い知識と鍛錬が必要なので、魔法を扱える者は大変貴重とされている。

そんな魔法を、この剣は唱えてみせた。

なんなんだ、この剣は……。

「これで大丈夫よ。よかったら、あたしの話を聞いてくれないかしら？」

優しく、穏やかな剣の問いかけに、俺は頷くしかなかった。

「あたしは大罪神剣のひとつ、嫉妬のリヴァイアサンって呼ばれているわ。気軽にリヴァって呼んでくれると嬉しいわ。よろしくね」

——大罪神剣。

三百年前、七つの大罪と恐れられる悪魔たちが地上に降臨し、世界統一を掲げて人類と壮絶な戦争を繰り広げたとされている。

のちに断罪戦争と呼ばれる戦争は一年で終結し、七つの大罪は七本の神剣に魂を封じ込められた。そして、今も世界のどこかで眠っているとされている。

目の前で話しかけてくるこの剣こそが、その大罪神剣だっていうのか？

まさか、そんな馬鹿な話があるものか。

「その顔は疑問を抱いてるようね？　まぁいいわ、あなたにお願いがあるの」

彼女は言った。

「あたしと契約を結ばない？　そしたら生きて外に出してあげる」

一瞬、何を言っているのか理解できなかった。

彼女が本物の大罪神剣だとは信じていない。しかし仮に本物だった場合、彼女と契約を結ぶのは危険かもしれない。

なんせ、大罪神剣に封印された悪魔たちは、全人類を根絶やしにしようと考えていた危険な思想を持つ連中だ。この場は協力してくれたとしても、すぐに裏切ることは目に見えている。

だから、はっきりと告げた。

「断る」

彼女は一瞬驚いたが、すぐに声を荒げる。

「ど、どうしてよっ？　そんなに悪い条件じゃないはずよ？」

「……助けてくれたことには感謝しているよ。でも、お前たち悪魔がどれほどの命を奪ったと思っているんだ？　今でも草木が枯れ果てた大陸があるんだぞ」

「知らないわよ。あたしは殺してないもの」

は？　殺してない？

「あたしは人類と戦わなかった。むしろ、大罪の暴走を止めるために動いていたのよ。聖王国のお姫様と協力して、一年間の死闘を繰り広げて、世界はようやく平和に導かれるはずだった。でもね……」

寂しそうに言葉を弱めた。

「大罪の力を危惧した国王が、あたしの魂を無理やり神剣に封じ込めたの。悪魔を信じられなかったんでしょうね。あたしは神剣に魂を奪われて、竜のお腹に封印されたわけ。酷いお話でしょう？」

悪魔が人を助けたなんて、聞いたこともない。

でも、彼女が嘘を吐いているとは思えない口ぶりであった。

「結局、あたしは利用されて捨てられちゃったの。平和になった世界を自由に歩きたかったんだけど、死ぬことすらも許されず、ずっとここに封じ込められていたのよ」

「……さっき、脱出できるとか言ってなかったか？」

「悪魔は誰かと契約しないと力が出せないの。意外と不便な存在なのよ？」

彼女の話が本当なら、人間の都合で利用され、封印されたということになる。

まるで、今の俺にそっくりだ。

「あなた、ここに来たってことは生贄なんでしょう？　悔しくないの？」

「それは……」

「あたしは悔しい。悔しくて、悔しくて仕方ないわ……！」

俺だって悔しいさ……。だから、彼女の言葉が理解できる。

「大変だったんだな、お前さんも……」

「へえ、あたしの言葉を信じてくれるんだ？　ふふ、同情してくれてありがとうね」

彼女は笑った。寂しそうに、小さく笑ってくれた。

「ほらほら元気を出して？　辛気臭い顔をしないの！　クヨクヨしたって仕方ないわよ。死んだら終わりだけど、生きていればいいことがあるはずだもの、ね？」

彼女はそう言うと、今度は魔法で水を生み出して、俺の体に付着した胃液を洗い流してくれた。孤独だった俺には、彼女の些細な優しさが温く感じられた。

「ねね、今度はあなたのお話を聞かせてくれないかしら？」

俺はぽつりと語っていく。

借金、裏切り、生贄……。

素直に現状を受け入れることができたのは、人生を諦めていたからだろう。

両親に裏切られ、友人に裏切られ、生贄に捧げられてしまった。

俺はなにもしていないのに、誰も信じてはくれなかったのだ。

寂しかった。辛かった。悔しかった。

「俺、夢も希望も抱いてなくてさ、ひとりに慣れているつもりだった。家族が借金を残しても、友人がいなくても、平気だって自分に言い聞かせてきた。でも、駄目だった……。誰も俺を受け入れてくれなかったんだ……」

自分のことながら、なにを伝えたいのか分からない言葉だった。

それでも彼女は聞いてくれた。

怒りが、悲しみがこぼれていく。

竜の胃のなか、二人だけの世界で俺たちは語り合った。

「……そう、辛かったのね。でも安心しなさい！　あたしは信じてあげる。グラッドは罪を犯してない。だって、すごく綺麗な瞳をしているもの！　夢も希望もないのなら、あたしが教えてあげる。どんなに絶望しても光が必ずあるってここで教えてあげるわ！　大罪神剣とまで恐れられたあたしが約束してあげる。だから、元気を出しなさいって！」

こんな俺を、彼女は認めてくれた。嬉しかった。

「あたしたちは似ているかもしれないわね。ふふ、グラッドを気に入っちゃった。どうせならここから脱出して、ハメた人間たちを驚かせるぐらい変わってやりなさいよ？　グラッドならできるわよ」

俺は変われるんだろうか？

両親の罪を背負わされ、蔑まれていた日々。

他の人とは違う。普通の生活を送ることは許されないと思っていた。だが、リヴはそれを知っても話を聞いてくれた。

「どうにかして外に出してあげたいんだけど、契約以外に方法が見つからなくて……少し考えてみるから、時間をくれないかしら？」

どくん、と心臓が鼓動を上げる。

俺は変わりたい。変わらないといけないんだ。

自分で道を切り開くために、彼女のように強くなりたい。

理由はわからないけど、三百年も孤独に耐えた彼女の前向きさを見ていたら、不思議とそう思った。

どんな状況に堕ちても自分を信じられるようになるために。

だから……自然に言葉を紡いでいた。

「するよ」

「え?」

「リヴ、君と契約する。いや、違うな。契約させてほしい。こんな俺を助けてくれて、信じてくれた君に恩返しをしたいんだ。外に出たいんだろう?」

「え、ええ……でも、本当にいいの?」

それはとても小さくて、弱々しい響きだった。

「……言い忘れてたけど、悪魔と契約したら大変なのよ? 契約は魂を結ぶ行為なの。一生離れることができないのよ? それに大罪神剣の契約者だと知られたら、グラッドは世界中の人類を敵に回すかもしれないわ。それでもいいの……?」

先ほどとは違い、怯えきった声。

その心に、どれだけの裏切りを刻んできたのだろうか。利用され、魂を封印され、たった一人で生きてきて、それでも絶望せずに希望を抱き続けた少女。

そんなリヴに笑ってほしいと思った。

「気にしないさ。どうせ一度は死んだ命だ。これからは、リヴのために生きる人生も悪くないって思えた」

絞り出すように、胸の奥底から湧いてくる想いを言葉にのせる。

「あっ……」

リヴの短い嗚咽（おえつ）が漏（も）れた。

「……あたしね、ずっと寂しかった。ずっと怖かったの！　あたしだって普通の女の子として世界に受け入れてほしかった。でも、駄目だった……悪魔は受け入れてもらえなかったから……寂しかった……！」

リヴの沈んでいた感情が爆発していく。俺たちはどこまでも似ていたらしい。

「俺、生きていただけだった。この歳で夢も希望も抱いてなかったけど、今日初めて、リヴの力になりたいって思えたんだ」

少女の涙はいつだって苦手だ。ずっと笑っていてほしい。笑い続けてほしい。

「契約しよう。俺は生涯リヴを裏切らないと約束する。その代わりに、リヴは俺に希望を与えてほしい。力を貸してほしいんだ」

「グラッド……」

「この世界は理不尽なことが多い。生きていくって大変なことだと思う。でも、リヴのおかげで諦めたくないって思えるようになったんだ。やれることはやってみたいんだ」

神剣を握った。

「君は凄い。世界のために悪魔を裏切ったんだろう？　それって普通はできることじゃない。世界が否定したとしても、俺はリヴを尊敬するよ。助けてくれて、ありがとうな」

笑いかけると、リヴは声を歪めた。

「ずっとひとりぼっちだと思ってた……。あなたも、あたしの言葉を信じてくれないんだろうなぁって疑ってたの……ごめんね……」

気丈に振る舞っていた彼女の、本当の感情が溢れだす。

「気にするなって。リヴの気持ち、俺が受け止めるから」

——不安、恐怖、寂寥。

三百年も孤独を感じるって、どれほど辛いことだろうか？

そこには俺の想像を絶する過酷さがあったに違いない。

その過程で隠してきたはずの、無理やり抑えてきたはずの感情が溢れていく。

「リヴ、俺と契約してくれないか？」

「ぐずっ……ええ、もちろん、よっ……ここから、始めましょう……！」

彼女は泣いていたけど、笑ってくれた。

生贄と大罪神剣。

本当なら出会うことがなかった俺たちは、邂逅を果たした。

ここから変わるんだ。

俺たちが生まれ変わるために、ここから。

「契約を始めるわ。――汝、望む願いを伝えよ」

複雑な魔法円が虚空に生まれ、淡い光が俺たちを包み込む。

「力がほしい。約束を守るための、リヴを守れるだけの圧倒的な力を望む」

「グラッド……」

魔法円が輝きを増し、光が弾けた。

「――嫉妬を司る（つかさど）リヴァイアサンはこれより、グラッドを所有者として認める」

直後、右手の甲から腕までびっしりと紋様が刻まれていく。

力が湧き上がる。

「さあ、あたしを強く握って。そうすれば――」

俺が神剣（リヴ）を握ると、焔（ほのお）の輝きが刃に集まる。

「――契約者にあたしの力が、スキルが受け継がれるのっ！」

▼Skill：『劫火一閃（ごうかいっせん）』を修得しました。

脳にイメージが流れ込む。焔を宿した剣技だった。

「さあ、スキルを放って！」

模写するように剣を振る。

すべてを焼き尽くす炎の斬撃――。

「劫火一閃ッ!!」

灼熱を宿した斬撃が、胃壁を焼き払った。

そして、月光が差し込む。

▼Skill：『魔竜召喚』を修得しました。

†×†

胃壁を蹴り上げ、外へ飛び出す。

大勢の竜に囲まれていた。

毒を吐く竜。蛇の姿をした竜。翼の生えた竜。黒鱗を持つ竜など、その種類は数十を超えていた。

「なんだ、この数……」

「世の中は弱肉強食よ。弱き者は衰退し、強き者は繁栄する。古来よりそうやって生物は生き残ってきたの。この竜族のようにね」

それが世界の法則だった。だから俺は、弱者として生贄に捧げられたのだ。

「生き残るためには戦うしかない、ってことか」

「その通り――来るわよっ！」

まず、赤竜が動き始めた。

その鋭い牙を剥き(むき)だしにした口を開き、炎の塊を溜め始める。

竜の息吹(いぶき)は数千度にも及ぶとされており、近づいただけでも皮膚は焼け爛(ただ)れてしまう。

一瞬、死を覚悟した。

「焦(あせ)らないで、大丈夫だから。あたしはこれでも大罪神剣なのよ。あんな攻撃くらい――」

言い終えるよりも早く、赤竜の息吹が放たれる。

空気を遮断し、大地を溶かし、凄まじい衝撃が俺たちを襲(おそ)った。

でも、熱はまったく感じられない。

「――打ち消してみせるから！」

リヴが笑っていた。打ち消したのだ、彼女が。

「すげえ……今のもリヴの力か……」

「ふふん、すごいでしょ？　あたしと契約している限り、神剣の力を享受（きょうじゅ）できるんだから」

先ほどまで俺には力がなかった。でも、今はリヴが力を与えてくれる。この場を乗り越えられるだけの力がある。これならいける。

「さあグラッド、恨みを吐きなさい！　生きることに嫉妬するの！　今のあなたなら大丈夫……。だって、ひとりじゃないんだから！　これから一緒に戦いましょう！」

そうだ、俺たちは一連托生（いちれんたくしょう）の関係だ。

こんなところで殺されるわけにはいかなかった。

「リヴ　頼む——俺に力を貸してくれ！」

「ええ、喜んでっ！」

神剣を構え、地を蹴り上げる。

翼竜二体をすれ違い様に葬（ほうむ）った。
▼Skill：『加速』を修得しました。
▼Skill：『気配感知』を修得しました。
▼Skill：『状態耐性』を修得しました。
▼Skill：『雷属魔法』を修得しました。

新たなスキルを修得していた。

「ふふん、驚いているようね？　これが嫉妬の大罪神剣が持つ固有能力『スキル吸収』よ。亡くなった魂の残留思念を吸い取って、力を取り込むことができるの。グラッドは敵を倒せば倒すほど、どんどん強くなれるのよ。すごいでしょう？」

とんでもない能力であった。

これなら竜とも対等に渡り合える。

当然、動き出した竜は止まらない。

四方八方から襲ってくる竜の群れを相手に、神剣を振り続ける。

「はぁあああああっ！」

正面から襲ってきた土竜の首を切り落とし、右側の青竜の鱗（うろこ）を裂く。そのまま力任せに切り裂き、背後にいた蛇竜の心臓を貫いた。
▼Skill：『魔法耐性』を修得しました。
▼Skill：『治癒（ちゆ）魔法』を修得しました。
▼Skill：『地形探査』を修得しました。
▼Skill：『薬剤調合』を修得しました。
力が湧き上がる。

「やるじゃない！」

「剣だけは自信があるからな」

「そうみたいね！　剣筋が一流だもの！」

傭兵として生きてきた人生も、無駄ではなかったということか。

「そうそう、グラッドにはレベルが設定されているわ。レベルっていうのは個人の強さを数値化したもので、英雄クラスの人間でもレベル四十前後が水準とされているの。それでね、今のグラッドのレベルは――」

視界の端に映った竜を、体の正中線上で両断する。

「――軽く十倍は超えているわね」

神剣と肉体が一体化したかのように、力が爆発的に加速した。

「これが第二の固有能力『経験発現』よ。契約者の成長速度を促進させてあげられるの！」

竜の身体を蹴り飛ばし、大気を断つほどの斬撃を放つ。

たしかな手応え。両手に感じる疼き。空気が炸裂する音。

俺が放つ一撃は竜と衝突し、耳を轟かせるほどの衝撃波となって、その場を駆け抜ける。

「一気に行くわよっ！」

「ああ、わかった！」

脳裏に浮かんだのは詠唱であった。

『――いずれかの黄泉に賜りし、死言を結びて奉る。

御身に与えし破壊の力、再び我に賜らん。

我を蝕むは純粋なる心、後顧の憂いを絶たんがために。

懺悔せよ。後悔せよ。

この世に生まれたことを嘆け。

常闇を祓い、罪を受けとめよ――』

リヴと意識が同調する。

「「魔竜召喚」」

先ほどまで、俺たちを飲み込んでいた大いなる存在が虚空の魔法円より出現し、大地を踏みしめ、その口腔に紅蓮の輝きを溜め始める。

俺たちは同時に叫んだ。

「「滅ぼせ！」」

刹那、世界が強い焔の煌きに包まれた。

視界が赤に染まり、全方位に紅蓮の炎が炸裂する。

燃え上がる大地。灰色に染まる空。竜の悲鳴がどこまでも響く。

この世界の終わりの如き状況を作り上げたのは、紛れもなく俺たちだった。

「どうかしら？　これが、あたしたちの力よ」

——信じられない。

——たった一度の魔法で、あれだけの竜を一瞬で滅ぼしたというのか。

竜の渓谷は地形を変えてしまった。

左右に屹立（きつりつ）していたはずの谷はすっかり溶け、竜たちのほとんどが燃え尽きている。気軽に使えるような力じゃないな……。

「リヴって、すごいんだな……」

「あら、いまさら気付いたのかしら？」

俺の手に握られた彼女に笑いかけると、突然手足が痺れ始めた。

全身を引き裂くような痛みが駆け巡る。

なんだ、これは……。

「一気に力を解放した反動がきたみたいね。大丈夫、周囲に敵はいないから安心して休みなさい。その間、あたしがグラッドを守るから」

意識が落ちていくなか、俺は静かに星を見上げて誓った。

――リヴを守ってみせる。

契約が俺たちを繋ぐ限り、未来永劫、無限の誓いとして守り続けてみせる。

それが俺にできる唯一の恩返しだから。

そんな想いを胸に、俺は意識を手放した――。

嫉妬の大罪神剣『リヴァイアサン』

▼Unique Abilities(固有能力)

・大罪ランク　：　第３位階級

・断罪レベル　：　1

・魔法否定　：　契約者をあらゆる魔法から身を護る加護

・経験発現　：　成長限界を解き放ち、成長速度を数千倍に増加させる力

・スキル吸収　：　魂の残留思念を己の力へと変換する

・嫉妬覚醒　：　？？？

Story1.　最後の舞台となった砦（とりで）

目を覚ますと、見渡す限り灰色の地平線が続いていた。

冷たく乾いた大地には一切の生物の気配がなく、焦土が延々と広がるばかり。

……夢じゃなかったんだ。これ、俺たちがやったんだよな。

改めて大罪神剣の力が凄まじいと感じる。

ふと仰げば、青い空がどこまでも続いていた。時折、雲に隠れる太陽の向きから計算して、午後を迎えたようだ。

「おはよー。目を覚ましたみたいね。ふふ、寝顔がとっても可愛かったわよ」

俺の横では、リヴが地面に突き刺さっていた。ずっと見張りをしてくれていたようだ。

「ああ、おはよう。もしかして徹夜してくれたのか？」

「まあね、だって約束したでしょう？　……くしゅんっ！　あぅっ⁉」

と、くしゃみをした弾みで剣が抜け転がる。強く頭を打ったかのように、悶絶するような声にならない声を上げた。

「うぅ、痛い……」

「だ、大丈夫か？」

「うん、平気よ……でも、痛ぃの……」

華奢（きゃしゃ）な刀身を震わせる姿は、やたらと可愛らしい。

リヴの姿はどこからどうみても装飾華美な長剣だが、こうして話してみると、中身は女の子と何も変わらないんだよな。不思議な感じがする。

「あー、そうだ！　グラッドに伝えないといけないことがあったのよ！」

「俺に？」

「ええ。実はね、大罪神剣の契約者となった瞬間から、グラッドの肉体が一番能力を発揮できる最適な年齢まで若返っているの。ちょっと確認してみてくれないかしら？」

ふむ、言われてみると身体がやたらと軽く感じるな。

視線を下げてみると、そこには以前より細くなった手足があり、右腕には契約の印がびっしりと刻まれている。以前よりも筋肉がたくましくなったような気がするが、鏡がないとよく分からないな。

ちょうど近くに水溜りがあるので、ちょこっと覗（のぞ）き込んでみるか。

それではさっそく……。

「えっ……なんだこれ……⁉」

そこに映るのは、二十五歳だった俺よりも明らかに若い青年だった。

見た目は十六歳ぐらいだろうか。

黒髪黒目で背が高く、すれた目はしているが整った容姿をしている。

若い頃の自分と比べても明らかに別人――まるで生まれ変わったようだ。

「これも大罪神剣の固有能力ね。契約者がもっとも力を行使できるように、肉体を内側から作り変えちゃうのよ。精神年齢も引っ張られる形で退行しちゃうけど、微々たるものだから安心していいわ」

精神退行については実感がないが、今の俺を見ても領主たちはグラッドだと気付きもしないだろう。それほど姿が変わっているのだから。

「さぁて、これからどうする？」

リヴが何事もなかったかのように、くすっと笑う。

その可憐な笑みに釣られて苦笑をこぼした。

「俺は特にやることがないからな。リヴは何かないのか？」

「うーん、一応あるかしら」

一瞬、リヴは声のトーンを下げた。わずかな沈黙を狙って言った。

「色欲の大罪神剣と決着をつけたいわね」

おっとりとした愛らしい口調で、静かに告げられた言葉の真意。

色欲の大罪神剣……。断罪戦争で脅威をもたらした悪魔が封印された神剣。

三百年前に行われたという断罪戦争——。

その全容がどんなものであったかは、現代でも調査が進んでいない。ただ確実なことは、七つの大罪を名乗る悪魔が、悪魔以外のすべての存在を淘汰(とうた)するべく、世界中に深刻な被害をもたらした。

そもそも七つの大罪とは、七人の悪魔のことを指す。

・色欲——堕落を司る性欲の智(ち)天使、アスモデウス。
・傲慢(ごうまん)——光をもたらす黒の堕(だ)天使、ルシファァー。
・暴食——世界を混沌に導く堕神王、ベルゼブブ。
・憤怒(ふんぬ)——冥界(めいかい)を統べる神の敵対者、サタン。
・強欲——善意を装う裏切りの魔王、マモン。
・怠惰(たいだ)——疫病(えきびょう)を撒(ま)く厄災の竜王、ベルフェゴール。
・嫉妬——本能を引き出す獣の王、リヴァイアサン。

これが、俺の知っている七つの大罪の悪魔だ。

俺の読んだ歴史書では、三勢力――人間、人外、竜の最強戦力が同盟を結び、七つの大罪と真っ向から戦い、かろうじて勝利したと記録されていた。

もちろん、リヴも敵として書かれている。

だが、実際にはリヴは人類を守っていたと主張していた。なんとなくだが、リヴは嘘を吐いていないと思う。歴史の方が改竄されているのだろう。

しかし、色欲の大罪神剣と決着をつけたい、ってどういう意味だ？

「色欲と因縁でもあるのか？」

「ええ、私が封印された直前まで死闘を繰り広げていてね、お互いに瀕死だったの。でも、あと一歩で封印できるってところで、国王が乱入してきたのよ。多くの呪術師を連れて、あたしたちを囲み、神剣に魂を封印したってわけ」

それが歴史の真実なのか。人類のために一生懸命になって戦ってくれた少女。しかし、悪魔だから人類に裏切られた。

なんというか、国王に怒りが湧く話だな……。

「ん、でも待ってくれ。リヴはこうして復活したよな？　それって一緒に封印された色欲の大罪神剣も目覚めている可能性があるってことか？」

「そういうことよ。あいつは、アスモデウスは間違いなく目覚めているはずよ。どこに封印されたかは知らないけど、必ず他人に取り入って、虎視眈々と世界へ反逆する機会を伺っているはずだわ。そういうやつなのよ、アスモデウスは」

おいおい、それってまずいんじゃないか？

俺がリヴと契約したように、アスモデウスも誰かと契約を交わしていた場合、再び世界の覇権を巡って戦争を引き起こす可能性は大いに考えられる。

「決着をつけたいって、そういう意味か……」

「ええ。今度こそこの世から消滅させないといけないのよ」

「……念のために聞きたいが、他の大罪神剣が目覚めている可能性はあるのか？」

「無いわね。他の大罪は、当時の契約を結んでいた姫騎士とあたしが完璧に封じ込めたもの。現在も人の手が及ばない場所で封印されているはずよ」

即答か。ということは、本当に目覚めている可能性は低いのだろう。

さて、目的は決まったわけだ。当面は色欲の大罪神剣の探索だが……。

「アテはあるのか？」

「あるわ。あたしたちが最後に戦った砦が、この近くにあるのよ」

「そこに手がかりがあるかもしれないってことか」

「うん、そういうことっ」

リヴは、軽く笑った。

「ふふ、話は決まりね！　そうと決まれば――」

「さっそく移動だな」

「――旅に必要なものを集めましょう！」

そっちかよ。しっとりとした笑顔が似合いそうな声音を上げてくれることで。まぁ一文無しで旅もできないしな。

俺はリヴを連れて、見渡す限りに広がる焦土、その崩れ残った部分にある金銀宝石を集めることにした。竜の素材も回収しておこう。

しばらくして。

「でも、本当に契約してよかったの？」

リヴは、ぼんやりとそう呟いた。

「ほら、あたしは大罪神剣だからね。これからグラッドを大きな事件に巻き込むし、迷惑をかけてないかしら」

こんなことを聞いてくるということは、やはり不安を抱えているのだろう。

自分は他とは違う。世界から恨まれる悪魔である、と自覚しているから。

より正確に言うならば、俺を巻き込んでしまったことに罪悪感を覚えている節がある。

そうでなければ、こんなに倒錯した台詞は出てこないはずだ。

……過去に、人類全てから裏切られているんだもんな。

不安になって当然だ。

「俺はリヴがいなかったら死んでいた。心から感謝しているんだぜ。だから、何が起きても受け入れる。事件に巻き込まれたっていい。俺が選んだ道だ。リヴが気を遣う必要はどこにもないって」

「グラッド……！」

震える彼女の声には、涙が混じっていた。

「ほら、落ち着けって。意外と泣き虫なんだな？」

「あたし、悪魔なのに……こんなに優しくしてもらったのは、初めてで……ひぐっ……嬉しくて……」

初めてか……。

リヴを取り巻いていた状況は、予想よりも遥かに酷かったようだ。

七つの大罪、嫉妬を司る悪魔リヴァイアサン。彼女が泣き虫だなんて、俺しか知らないことなんだろうな。

「大丈夫、俺はここにいるから」

リヴの柄を優しく握り、笑いかけてやった。

「うん……うんっ！　あたしこそ不束者だけど、よろしくね……っ！」

そう言って笑った彼女の声は、やっぱり可愛らしくて。

まずは、ふたりで世界を歩いてみようと思う。その最初の一歩を踏み出すためにも、まずは断罪戦争の最後の舞台となった砦を目指すことにしよう。

「この旅でグラッドのやりたいことが見つかるといいわね」

リヴは優しく、嬉しそうに言ってくれた
――ほんと、勝てないよな。この娘には。

†×†

断罪戦争、終幕の砦――。

悪魔との戦争に備え、開拓された地。晴天を、いつしか見上げた空を覆いつくしていた。

ぽつり、ぽつりと小雨が降り出す。

「ふぅ、やっぱり降ってきたわね」

「急いで正解だったな。もう少しで濡れるところだった」

俺の腰に下げられたリヴは、やたらとご機嫌である。

長い年月を竜の腹で生きてきた彼女にとって、外の世界を体験することは、待ち望んでいた夢がようやく叶った子供のように、無邪気に喜びを噛み締めていた。

悪魔と恐れられ、世界から拒絶された少女。けれど、俺の前で旅を満喫する姿は、そんな噂とはまるで違う。ただの少女にしかすぎなかった。

このリヴこそが、本当の素顔なのかもしれない。

もっとも、神剣である彼女の表情なんてわからない。それでも一緒に旅をしているのだから、細かいことも気になってしまう。ほら……一応、異性だしな。

さて、リヴが色欲の悪魔と決着をつけ損なった場所が、この砦である。

この辺りはとっくの昔に野盗によって荒らされているので、手がかりが見つかる可能性は限りなく低い。しかも、長い年月放置されていたので荒れ果てており、草木の蔓が侵食し、無残な姿へと変わっている。

しかも、中からは魔物たちの呻き声が聞こえていた。

「ここを探索するんだな？」

「ええ。この砦には秘密の仕掛けがいっぱいあるのよ。誰にも見つかってなければ、何か見つけられるかもしれないわ」

凛々しい声で、彼女は言った。

さっそく足を踏み入れると、霊体系の魔物――ゴーストが襲ってくる。

「せっかくだからスキルを集めてみましょうか」

神剣を抜刀し、おもむろに切り付ける。

通常、霊体系の魔物に斬撃は通用しない。しかし、流石は神剣か。一撃で断ち切った。
▼Skill：『裁縫』を修得しました。
▼Skill：『鑑定』を修得しました。
おっと、意外なスキルが手に入ったな。

「霊体系の魔物はね、人間や人外の強い怨念が生み出した魔物なの。魔物に成り果てるまでは裁縫に関わる仕事でもしていたんじゃないかしら。例えばそうね、衣料品とか？」

「……ま、考えている暇は無さそうだが」

今の喧騒を聞きつけたのか、今度はデュラハンが襲いかかってきた。

デュラハンは騎士の姿をした魔物だが、意外と手強いことで恐れられている。魔法も使ってくるので先手必勝が有効か。

肉迫――鎧を貫く。
▼Skill：『首接合』を修得しました。

なんだこれ。

「自然治癒系のスキルね。死後限定だけど、首が千切れても勝手に再生してくれるわよ」

「死後限定って、不要なスキルじゃないか……？」

「そうとも言うわね」

間違いなく不要だろう。

一階を探索してから階段を上ると、二階から獣の匂いが漂ってくる。警戒しながら進むと、今度は狼とオーガが待ち構えていた。どうやら二階を寝床にしていたらしく、雄叫びを上げながら大斧を振り下ろしてきたので、反撃とばかりに一閃する。

▼Skill：『厚い脂肪』を修得しました。

「全身に脂肪を増やして、寒さから身を守る効果みたい。欠点としては太るわよ」

「いらねえ……」

不要なスキルも手に入るんだな……。

「スキルで有能なものなんてほとんどないわよ。不要なスキルは消しておくわね」

どうやらリヴの意思で消すことができるようだ。これまでに修得した使えないスキルをまとめて処分してもらうとしよう。

その後も探索を続けていると魔物が追ってきたので、スキルが次々と増えていく。

▼Skill：『妄想』を修得しました。

隠し部屋の隅でガタガタと震えていたスケルトンに声をかけたら、驚いて昇天して逝ったんだが……。今のスケルトン、もしかして虐められていたんだろうか？　そうだとしたら悪いことをしたような気がする……。

続けて、隠し通路ではサキュバスが襲ってくる。

▼Skill：『夜伽』を修得しました。

▼Skill：『性交』を修得しました。

▼Skill：『百合』を修得しました。

これは酷い。というか俺に対する嫌がらせか？

続けて行き止まりでグールと交戦した。

▼Skill：『ハーレム体質』を修得しました。

「なあ、スキルってなんでもありなのか？　スキルって呼べば許されると思ってるのか？」

「グラッド、落ち着いて。目が怖いわよ……」

ハーレムってなんだよ、ハーレムって……。

次々と修得する微妙なスキルの数々に眩暈を覚えたが、気力を振り絞って階段を上ると、屋上に辿り着いた。夕陽が差し込む。空は黄金色に帯びていた。

「わあ、綺麗……」

茜色の空に白い雲が流れていく光景はただ幻想的で、吸い込まれそうなほど美しい。

「……何も見つからなかったな」

「あたしが知っている隠し部屋は全部探しちゃったわねぇ。ま、仕方ないわよ。明日もう一度探索して見つからなかったら、何か別の手を考えましょう」

「了解、今日も野宿だな」

荷物を担ぎ、階段を降りたとき――。


「――助けてください」


誰かの声が聞こえた。

「どうしたの？」

「いや、誰かの声が聞こえなかったか？」

「あたしには聞こえなかったけど……」

俺の気のせいだったんだろうか？

それにしては、やけにハッキリと聞こえた気がするが……。

「――こちらです。目の前の壁に触れてください」

いや、やっぱり聞こえる。声に導かれるように、階段を降りた先にある壁へ手を触れると――がこん、と音がした。壁が動き出し、新たな階段が現れる。

「隠し階段ね……。でも、どうしてここがわかったの？」

「……いや、俺にも良くわからないんだが……」

あの声は何だったんだ？　まるで俺の行動を監視しているかのような導き方だったが、周囲に人の姿は見当たらない。

「……進んでみましょうか」

「そうだな」

どちらにせよ、せっかく見つけたのに探索しない手はないだろう。リヴの照明魔法で照らしながら、蜘蛛（くも）の巣が張った階段を降りていく。

「うっ、暗いわね……」

「ん、怖いのか？」

「べべ、別に怖いわけじゃないのよ……うぅっ……」

リヴが階段の先に広がる暗闇を見て、声を震わせていた。いやむしろ裏返っている。

なぜそんなに怯えているんだろうか？

そんなことを考えていると、ぴちょん、と水滴が滴る音が聞こえた。

「ふぇっ!?」

リヴが小さい悲鳴を上げた。もしかして暗い場所が苦手なのか？

……確かめてみるか。

「そういや、昔死んだ爺さんが夜中に――」

「やめて」

「――墓場で幽霊を」

反応早いなっ！　まだ何も話してないぞ。

泣きそうな声をしていたので、謝りながら先へ進んでいく。

辿り着いた先は霊安室だった。いくつかの小さな棺が並んでおり、奥の祭壇には一際大きな棺が置かれていた。

「これは？」

「王族の遺体を収める場所だったみたいね。この棺の紋章、三百年前に栄えてたグランツ帝国のものよ。今まで誰にも見つからず放置されていたみたいね」

今は聞かない国家だ。とっくに滅んでしまったのだろう。

さらに探索を試みたが、棺以外に何も見当たらず、不思議な声も聞こえてこなかった。

うーん、なんだったのだろうか？

「ねえ、棺の中から僅かに魔力を感じるわ」

リヴ曰く、奥にある大きな棺から魔力を感じとったらしい。

もしかして、魔物が潜んでいるのだろうか？

「開けてみるか」

「気をつけてね」

もし何かあったときのために、リヴが詠唱をしてくれている。

さて、何が飛び出してくるか……。

「……スライム？」

棺の中には、干乾びたスライムが収められていた。体躯（たいく）は小さく、俺の片手で掴めるほどのサイズである。

「なんで棺の中にスライムが？」

「こんな場所にスライムって珍しいわね」

干乾びているってことは、何年も昔から棺の中に閉じ込められていたのだろう。

出たくても出られずにそのままってか。なんか可哀想だな……。

「待って。この子から魔力を感じるわ」

「まだ生きてるのか？」

「それを確かめるためにも、鑑定をお願いするわね」

鑑定って、さっき修得したスキルだよな。言われるがままに、鑑定を発動させる。
▼Race（種族）：スライム　Life.1／12
「ギリギリ生きてるな」

「スライム族はゴキブリ並みの生命力を持っているからね、しぶといわよ。折角の縁だから治療をしてあげましょうか」

スライムは魔物の中で最弱と呼ばれている。でも人に懐きやすく、攻撃性も殆ど見られず、主人に一途で甲斐甲斐（かいがい）しいことからペットにされることも多い。

「水をかければ元気になるはずよ」

荷物から水瓶を取り出し、スライムの身体へかけてみる。

「……きゅぴっ？」

おっ、もう元気になった。さすがはゴキブリ並みの生命力だ。

スライムの干乾びていた白い身体は水分で満たされ、ぷるぷると震えながら飛び上がった。俺たちに気付いたらしく、驚いているようだ。

「なんか、俺たちを怖がってないか？」

「そうみたいね。スライムは臆病でもあるからね」

「きゅきゅ……」

怯えたように固まっている。うーむ、すっかり警戒されているようだ。

スライムが棺に入っていた理由は不明だが、このまま放っておくわけにもいくまい。

昨夜作ったイノシシの燻製を与えたり、水を与えたりしてみることに。すると徐々に慣れてきたのか、俺の頭によじ登ってきた。

「きゅいい……」

よほど居心地が良かったのか、そのままぐぅぐぅと寝てしまった。若干重いな。

でもまぁ、気持ちよさそうだし、そっとしておいてやるか。

「結局、スライムしか見つからなかったな」

「そうねぇ。また明日探索してみましょう」

結局、声の正体には辿り着けなかった。

すっかり道草を食ってしまったが、砦を出ると外はすっかり夜だった。

宵闇の中、小高い丘の上で焚火を行い、野宿の準備を始める。流石にリヴも疲労が溜まったらしく、すやすやと寝息を立てていた。

俺はまだ眠気がなかったので、一人で夜空を眺めることにした。

「――ご主人さま、助けて頂いてありがとうございました！」

不意に、聞き慣れない女の子の声がした。砦で聞こえた声とは違うみたいだが、それらしき姿は見当たらない。精々、スライムが起きているくらいだ。……スライム？

「まさか、お前が喋ったのか？」

「ぴきゅっ？」

「………そんなわけないか」

俺も疲れているみたいだな。この日は早めに休むことにした。

†×†

翌朝、リヴとスライムが俺に縋りつくように眠っていた。

全員が起床したところで朝食を取り、再び砦を探索。

昼過ぎまで探ってみたが、進展はなかった。

「なあ、そろそろ食料も心許ないし、いったん街に寄らないか？」

「そうねぇ、何もなさそうだし……そうしましょうか」

それから二日ほどだろうか。街道沿いに進んでいくと、商業都市が見えてきた。その背景には青い海が広がっており、潮風が独特の匂いを運んでいる。

「海を見るのって久しぶりかもっ！」

「商業都市には何度か足を運んだことがあるが、食い物が美味かったな」

「へえ……ねね、もしかして甘いものもあるの？」

「ああ、あったはずだが……好きなのか？」

「それはもう大好きよ！　うーん、食べれないのが残念ねー」

神剣の体は食べることを必要としないというか、そもそも食べるための口がない。

「いつか食べさせてやるよ。それまでは我慢してくれ」

「うんっ、約束だからね！　あ、お洋服も見てみたいなぁ」

「構わないが、剣なら鞘(さや)を見た方がいいんじゃないか？」

「もうっ、気分だけでも味わいたいのよぅ」

リヴがむくれてしまった。拗(す)ねたようだ。

「悪かったよ。どこへでも行ってやるから許してくれ」

「だーめー！　グラッドはもうちょっとデリカシーをね――」

むくれるリヴに何度も謝りながら、俺たちは商業都市へ足を進めた。

グラッドの所持スキル（一部のみ表示）

▼Combat Skill（戦闘スキル）

・劫火一閃：業火を放つ剣技。

・加速：身体速度を数倍に強化する技能。

▼Magic Skill（魔法スキル）

・治癒魔法：治癒魔法に関する知識を修得する。

・雷属魔法：雷属魔法に関する知識を習得する。

・魔竜召喚：竜を呼び出すことができる召喚魔法。

▼Active Skill（任意スキル）

・地形探査：魔力を通し、周囲の地形を地図のように読み取る。

・鑑定：対象を解析し、あらゆる情報を読み取る。

・薬剤調合：素材を混ぜ合わせ、薬を制作する。

▼Passive Skill（常時スキル）

・気配感知：敵意を伝える警戒技能。

・状態耐性：毒、石化、病、風邪などあらゆる症状を防ぐ。

Story2.　冒険者ギルド

そんなわけで商業都市マグノリアに到着した。

この都市は古くから大河交易で栄えてきたことで有名だ。大口の物資の運搬を船で行っていることが特徴だろうか。

大きな門を潜り抜けると、メインストリートが都市中央に向かって真っ直ぐ伸びており、飲食店や小物売りの露店などが並んでいる。流石に品揃えは豊富で、手に入らないものは殆どないと言っても過言ではない。

地図を見た限り、楕円形に造られたこの都市は区で仕切りがされているようだ。

住民たちが暮らす移住区。物売が行われる商業地区。作物や家畜を繁殖させる郊外地区など、その数は二十以上に及ぶ。

「それじゃ、冒険者ギルドに登録しましょう。旅をするなら身分証も必要でしょう？」

「身分証って必要あるか？」

「都市によっては提示必須のはずよ。知らなかったの？」

「……悪かったな。故郷から殆ど出たことがないんだよ」

「あたしの方が知っているってどうかと思うわよ……」

借金を返すのに精いっぱいだったから、そのせいだと思いたい。

さて、冒険者ギルドは都市の中央にあるらしい。

さっそく行ってみよう。

†×†

冒険者ギルド。

ここでは領主や住民たちの依頼を斡旋(あっせん)してくれる。その依頼をこなすことで報酬を得ることができる仕組みだ。

扉を抜けると喧騒が出迎えた。治癒院と酒場が併設されているらしく、昼間から酒を飲んでいる冒険者の姿がちらほらと見える。

窓口が一か所開いていたので、さっそく狐耳のお姉さんに声をかけてみた。

「こんにちは。本日はどのようなご用件でしょうか?」

「えっとね、あたしたちは冒険者の登録を——むぐっ!?」

「おい、喋るなって」

「はい？」

「あ、お姉さんのことじゃないです。すみません、気にしないでください」

勝手に喋ろうとしたリヴを強引に鞘へ収め、黙らせる。

危ない、危ない……剣が喋っている場面を見られたら大騒ぎになってしまう。

あんまり目立つわけにはいかないのに、リヴのやつ、自分が大罪神剣ということを忘れているんじゃないだろうか？

気を取り直して、改めてお姉さんに声をかけた。

「あの、冒険者の登録をしたいのですが」

「新規のご登録ですね、かしこまりました。それでは登録料として銀貨一枚を頂きます」

銀貨一枚というと、ほぼ一か月分の食費だ。

結構な出費になるが、冒険者のライセンスを購入するようなものだと思えば仕方ないか。

「分かりました。銀貨一枚ですね」

「はい。それでは用紙にご記入をお願いします」

記入するのは名前と職業、出身地、犯罪歴だけか。名前にグラッド、職業は元傭兵、犯罪歴はなし、出身地は北の領地……と。

「お待たせいたしました。こちらがギルド証となります。身分証としても使えますが、紛失された場合は再発行手数料として銀貨一枚を頂きますので、どうかご了承ください」

受け取ったのは、長方形の小さなカードだった。へえ、簡単に手に入るんだな。

「これで身分証ができたわね」

「ああ。あとは街の観光でも楽しむとするか」

「ぴきゅっ！」

用事も済んだので、ギルドを立ち去ろうとしたときだった。

「だれかこの子を助けてください……ッ！」

騎士の女性が勢いよくギルドへ駈け込んできた。背中には十五歳くらいの少女を背負っており、全身が傷だらけであった。

「ねえ、あの娘……」

リヴが呟くのも無理がない。

背負われた少女は、全身に酷い火傷(やけど)を負っていた。おそらくワイバーンと戦い、ファイアブレスを受けてしまったのだろう。

あの状態で生きているのが奇跡的だが、長くは持たないだろうな……。

「――残念ですが、この怪我では手の施(ほどこ)しようがありません」

治癒師が、静かに首を横へと振った。

「そこをなんとかお願いします！　この娘、私を庇(かば)ったせいで……！」

「落ち着いてください！」

女性の騎士が取り乱し、お姉さんが宥(なだ)めていた。

あの少女を助けるには高位の治癒魔法が必須だが、そんな魔法を扱えるのは王都にいる大司祭くらいだ。このままだと助からないだろうな……。

「助けてあげないの？」

と、リヴが言った。

「俺に言ってるんだよな？　魔法なんて使えないぞ」

「竜を倒したときに治癒魔法を覚えたじゃない？」

あっ……。無我夢中で忘れてたが、治癒魔法を吸収していた覚えがある。そうか、助けられるかもしれないのか。やってみよう。

「すみません。少しだけ治療の心得があるので、診せてもらってもいいですか？」

俺がそう言うと、冒険者たちが静かに道を開けてくれた。少女の前に膝をつき、手をかざす。

「まだ、生きるのを諦めるなよ——リザレクション！」

詠唱を始めると、周囲から暖かく生命に溢れた燐光が場を支配した。初めての治癒魔法に不安がいっぱいだったが、淡い燐光が少女の体を包み込み、みるみる火傷の肌が新雪のような肌へと変わってゆく。

「あっ、あれ？　え？」

少女は半身を起こし、辺りを見回した。女性の騎士が駆け寄り、泣きながらその身体を抱きしめる。そこでようやく現状を理解したらしい。視線が交わる。

「大丈夫そうか？」

「は、はいっ！　ありがとうございます！」

よかった、成功したようだ。

「よく頑張ったな。仲間の祈りが通じてよかった」

軽く頭を撫でてやると、少女は僅かに視線を逸らして頬を赤くしていた。

「……ねえ、ちょっとまずいことになってるみたいよ」

まずいこと？　リヴに言われて気付いたが、ギルドが沈黙に包まれていた。全員、俺に視線を向けたまま固まっている。

「おい、あいつ治癒系上級魔法を使ったように見えたんだが」

「オレも見た。何者なんだ？」

「もしかして、大司祭様なんじゃ⁉」

えらい騒ぎになってるな……。

「用事は済んだからさっさと逃げるわよ。このままとどまってても、絶対に面倒なことに巻き込まれるからね。さあ、早くっ！」

リヴに急かされて、冒険者たちの混乱に乗じて外へと逃げ出した。

「あ——」

受付のお姉さんが何か言いたそうだったが、立ち止まるわけにはいかない。

当分、ギルドに顔を出すことができそうにない……あぁ、不幸だ。

†×†

冷たい夜風が首筋を撫でる。

身を震わせるほど冷たく、息を吐けば白い靄となって浮かび上がっていく。

「ようやく宿を見つけたか……」

ここは、大通りから一歩外れた路地裏にある宿屋のベランダだ。

メインストリートにある宿屋の殆どは、都市観光を目的として利用される。

冒険者用の安い宿を探すだけでも大変だが、そこへスライムも泊まれる宿を探していたら……この時間になってしまったわけである。

宿に泊まるなんていつぶりなんだか。

とにかく明日は食料を買い足し、もう一度だけ終焉の砦を探してみようと思う。

色欲の大罪神剣アスモデウスの手がかりを見つけられるといいが。

「どんな悪魔なんだろうな。やっぱ悪魔ってくらいだし巨大なおっさんで鎌でも持って血走った眼を――」

「残念だけどアスモデウスは女性よ？」

「ぴきゅっ」

がらっ、と窓が開けられる音が響く。

開いた窓から姿を現したのは、リヴを引きずったスライムだった。

「……神剣も威厳がないな」

「仕方ないでしょ？　自分の意思で移動できないから、運んでもらったの。ありがとうね」

「きゅぴっ！」

そういや、服を見たいって言ってたのに連れて行ってやるのを忘れてたな。

明日は食料を買うついでに、一緒に街を散歩でもするかね。

「あ、グラッド。店員さんがもうすぐご飯を運んでくるって言ってたわよ」

「了解。そんじゃ、食い終わったら風呂にでも入ってくるか」

「キュイッ！」

「いいなぁ、あたしも入りたいなぁ」

「錆びるぞ？」

「ふふん、あたしは竜のお腹にいても平気だったのよ？　お風呂如きで錆びるわけないじゃない」

「そうなのか。なら、一緒に入るか」

「え――――」


リヴとスライムを連れて風呂へ向かうと、多少狭いが足を伸ばせる広さがあった。他に客もいなかったので貸し切り状態である。

しかし、せっかく連れてきてやったのに、刀身がいつも以上に真っ赤になったリヴは、途中から呂律が回っていなかった。

のぼせたのだろうか、大丈夫かね？

スライムは一緒に湯船に入っていたが、溶ける心配はないようで泳いでいる。身体が小さくて自由に泳げるのが羨ましい。

その後、部屋に戻った俺たちは、のぼせたリヴを先に休ませることにした。

流石にリヴを置いて出かけるわけにもいかないので、その後はテレサと適当に遊んだりしていたのだが、徐々に眠くなってきたので、俺も早めに休むことにした。

†×†

朝を知らせる教会の鐘が鳴り響く。

静観としていた街並みは活気に溢れ、住民達の喧騒が聞こえてくる。

と、朝日に照らされた何かが映った。

「ふわぁ……おはよーっ」

その何かは新雪のような肌だった。ふんわりとした桃髪。スラリとした輪郭。大きな瞳はルビーのように赤く、人形のように愛らしい。

うん、どう見ても少女である。

「あ、あぁ。おは――」

「ご主人さま、おはようございます！」

今度は反対側から聞こえてきた。顔を向けると、儚(はかな)げな幼女が寝ていた。

空色の髪に白皙とした肌。透き通った声がやたらと綺麗である。

「今日も良い天気ねー」

「はい！　素敵な一日になりそうです！」

「そ、そうだな」

反射的に挨拶を返しながら、必死に目の前の状況について考えた。

……俺、なんで少女と寝てたんだ？

名誉のために言っておくが、俺は年上が好きなので襲ったとは考えられない。

ここは一度、今の状況を冷静に分析してみるべきだろう。


『宿屋の一室で、少女たちと同じベッドで一夜を過ごした』


どうしよう、やらかしたかもしれない。

……いやいや、落ち着け。俺はまだ手を出していないはずだ。

ここはどこにでもある平凡な宿。冒険者たちが寝泊まりするため、どの部屋も似たような造りになっている。つまり、少女たちは別の客室と間違えて俺の部屋に侵入してきたんじゃないだろうか？

うん、きっとそうだ。そうに違いない。

「昨夜は優しくしてくれて嬉しかったですっ！」

「そうね。怖かったけど、一つになれて嬉しかったわ」

恥ずかしそうに頬を赤らめ、視線を合わせると逸らす純粋無垢な少女たち。

弁解できねえよ、どうするよ、コレ……。

「えへへ、これからもずっとご一緒ですよ！」

「そうね。約束したものね」

こんな状況、誰かに目撃されたら俺の悪名が轟いてしまう。

そうなる前になんとかして対策を考えなければ……。

「グラッドさん、おはようございます。ギルドの受付嬢です。昨日はありが――」

――ガチャリ。

「「だって」」

「「あなたにすべてを捧げたから！」」

お姉さん、どうして絶好のタイミング出てくるんですか？

石像のように固まったお姉さんは、やがて俺と少女たちを交互に見つめながら、あわあわと赤面している。まずい、絶対誤解されている。

「そ、その子たちは……？」

「所有物」

「ペットですっ」

お願いだから黙っててくれ。

「所有物にペット!?　どど、どういうことですか、グラッドさん！　いくらなんでもこんな幼い子に手を出すなんて駄目ですよっ！　せめて同年代からにしてくださいっ！」

そういう問題でもない気がするが、どんどん状況が悪化している。このままでは本格的に獄中生活を送らないといけないかもしれない。

なんとかして切り抜けなければ……。

「待ってください、誤解なんです。話を聞いてくれませんか？」

「……誤解？　どういうことですか？」

よし、聞く耳をもってくれたようだ。あとは俺の誠実さをアピールできればどうにかなるはずだ。

そう考えて、ベッドから立ち上がったのがまずかった。

当然、布団がはらりとめくれるのだが、両隣で眠っていた少女たちも布団から剥かれる。

「くちゅん！」

「うぅ、朝は冷えるわね……」

少女たちは裸だった。

「いやあああああああっ！」

お姉さんが取り乱した。絶体絶命のピンチだ。

「わ、私、行く場所ができたので失礼します！」

「待ってください！　行かせませんよ！」

このまま見送れば間違いなく騎士団を呼ばれてしまう。

そんなことはさせない！

全力で床を踏み抜き、お姉さんの背中へ飛びついた。もつれるお姉さんは反転し、俺が床に押し倒す形となった。

「いやああああああっ⁉」

「誤解が解ければ何もしません！　俺を信じてください！」

「この状況で信じられませんよっ⁉」

考えろ、考えるんだ。

どうしたら俺が犯罪に縁のない好青年だと信じてもらえるのかを！

「俺、本当に何もしてないんです！　この瞳を見てください！」

頼む、信じてくれ！

「…………た、たしかに、嘘を吐いている目はしていませんね」

「信じてくれるんですか？」

お姉さんはしばらく俺の目をまじまじと見ると、顔をさりげなく横に向けながら、こう言った。

「私はこれでも九尾（きゅうび）ですから。悪意を見抜く目は養ってきたつもりです」

お姉さん、ありがとう……！

とりあえず部屋に戻り、適当に座ってから、俺は今朝起きてからのできごとを一つずつ説明することにした。

「ふむふむ、そうだったのですか。その子たち、迷子なのですね」

少女たちは不思議そうに俺を見つめている。体はシーツで隠れているとはいえ、このまま ってわけにもいかないよな……。

「お姉さん、ついでに頼みがあるのですが」

「はい、なんでしょうか？」

短く息を吐いて、俺は言った。

「服をください、今すぐに」

「は、はいっ？」

幼い頃の服が余っていれば、今すぐにでも分けてほしい。

「どうしても必要なんです。俺は男だし……お姉さんにしか頼めなくて」

「でで、でも、そういうのには順序がですね、えっと……！」

もし駄目なら、俺が少女の服から下着までを用意する必要がある。女性だらけの衣料品店へ向かい、冷たい視線を浴びながら少女の衣服を揃えなければならない。可能なら避けたい事案だ。

「駄目ですか？」

お姉さんの手を取り、ただ想いを伝える。すると、お姉さんは胸に溜めていた息を吐き捨て、顔を上げてくれた。

「……わ、わかりました。グラッドさんのためなら、私も覚悟を決めました！」

「ありがとうございます！　俺、どうしても恥ずかしくて……」

「いいんです！　グラッドさんは素敵な方でお優しいですし、その、昨日はとっても格好良かったですから！」

俺の潔白を信じてくれただけではなく、少女たちの服まで用意してくれるなんて……もしかして、彼女こそが女神の生まれ変わりだろうか。感謝しても感謝しきれない。

「そ、それでは」

お姉さんは立ち上がる。服を買いにいくようだ。

「ぬ、脱ぎます！」

お姉さんは袖から腕を抜くと、背中のボタンを外しにかかった。するすると服を脱ぎ、やがてメロンのように大きな胸が――。

「って、ちょっと待ってください！　どうして脱ぐんですか⁉」

「え、違うんですか？」

突然脱ぎ始めるなんて、お姉さんって実は危ない人なんだろうか？

とにかく、もう一度要点を絞って説明しよう。

「あの娘たちの服を用意してほしかったんです。お金はいくらでも出しますから」

「そ、そういうことでしたか……こほん、もちろん構いませんよ」

お姉さんはそそくさと服を着て、足早に買い物へ出かけて行った。

さて、これで部屋に残されたのは俺と少女たちだけだ。

そういえば、さっきからリヴとスライムの姿を見かけないな。

どこへ行ったんだろうか？

俺は振り返り、少女たちを怖がらせないように話しかけた。

「なあ、君たちの名前はなんて言うんだ？　どうして一緒に寝ていたんだ？」

「グラッド、寝ぼけてるの？　あたしはリヴじゃない」

「わたしはスライムのテレサですよっ！」

「ああ、そうか。リヴとスライムだったのか！　どうりで俺を知っている素振り――は？」

今、何て言った？

「なあ、その姿はどういうことなんだ？」

「えっ？」

リヴとスライムを名乗る少女たちは、己の身体を確認する。

そして、すべてを悟ったかのように手を、ポン、と叩いた。

同時に叫ぶ。

「「人間の姿になってる！」」

見事に人化していたのであった。

†×†

この世界で暮らしている人外は、多種多様な種族に細分化されている。

その数は百を超えているとされているが、剣とスライムが人化した姿を見るのは、生まれて初めてのことだった。

「――そうですか。その子たちはグラッドさんの腹違いの妹さんで、お兄さんを探して商業都市まで追いかけてきたんですか」

「え、ええ……そういうこと、なんですよ」

今、俺は、リヴたちの服を購入してきてくれたお姉さんを部屋に招き入れ、口裏を合わせたリヴと、スライムことテレサと共にテーブルを挟んで状況を説明していた。

「グラッドお兄ちゃんとお会いできて嬉しかったんです！」

「ええ、優しいからつい甘えちゃってね。でも、グラッドったら昨夜のことをすっかり忘れていたみたいなの」

「もうっ。妹さんたちのことを忘れたら駄目ですよ？」

「はは……す、すみません」

リヴとテレサの迫真の演技に、お姉さんはすっかり騙されていた。

ふぅ、どうにか服を着ていなかった理由について言及されなかったぞ。追及されても困るので、このまま勢いで誤魔化してしまおう。

「すっかり悪役にしちゃってごめんね、グラッド」

リヴは俺にだけ聞こえるように、小さな声で謝ってきた。

今の彼女は全体的に薄着で、肩に魔法使いの外套（マント）を羽織（はお）っている。

それに合わせるように、ミニスカートから伸びる白いタイツが際立っていた。

「ご主人さま、ご迷惑おかけしますっ」

テレサは膝下くらいまで伸びる長い髪を大きなリボンで束ね、フリルのついた可愛いドレスに身を包んでいた。しかし、困ったことに無防備すぎるのである。

「はう？　どうされたのですか？」

ぽよん。身を乗り出したテレサの胸が弾んでいる。リヴよりも幼い印象を受けるのに、なんでこんなに罪作りな身体をしているんだろうか。

「……いや、なんでもない」

「ふに？」

俺は、狼狽（ろうばい）を悟られないように小さく息を吐いた。

彼女たちが人化した理由は不明だが、リヴの予想だと、契約が関係しているんじゃないか、とのことだった。

なにしろ、大罪神剣にはリヴすらも知らない秘密が隠されているらしく、だからこそ悪魔の魂を封じ込めることができた代物なのだそうだ。テレサまで人化してしまったことにも、大きく関わっているのかもしれない、とのこと。

というか、テレサってずっと雄だと思ってた……。

「私、実はグラッドさんにお願いがあってお尋ねしたんです。昨日はリザレクションの魔法を行使されていましたが、もしかしたら薬の調合にも卓越していらっしゃるのかなぁと思いまして……」

お姉さんが事情を説明してくれたので、ここらで話を整理しよう。

ここ商業都市マグノリアの周辺には薬草を採取できる森が存在するのだが、半年ほど前から盗賊団が潜伏しており、薬の素材である薬草を採取することができないそうだ。

おかげで慢性的な薬品不足に陥っているらしく、そこへ流行り病の影響もあって、ジワジワと被害が拡大していて頭を抱えているらしい。

当然、領主も騎士団を率いて盗賊討伐へ向かったのだが、盗賊たちのなかには手練れがいるらしく、返り討ちにあったのは四か月前のこと。

そんなところへ、リザレクションを唱えた俺が現れたから、力を借りたいという相談であった。

「もし薬をお持ちでしたら、少しでいいのでお譲りして頂きたいのです」

ふむ、なるほどな。俺に薬品の知識はないが、幸いにも彼女がいる。

「リヴ、どうにかならないか？」

小声で尋ねた。

「どうにかできるわよ。竜鱗を回収しておいて良かったわ」

引き受けても大丈夫なようだ。

「分かりました。薬を用意すればいいんですよね？　できる限りのことはさせて頂きますので、どこか調合のできる部屋をお借りしたいのですが……」

「引き受けてくださるのですか⁉　わあ、ありがとうございます！　ギルドの錬金工房でしたら、すぐにでもご用意できます！」

「それでは工房への案内をお願いします」

俺の冒険者としての初依頼は、薬の納品となった。

†×†

冒険者ギルドの地下にひっそりと存在する錬金工房。かつては偉大なる錬金術師が使っていた実験室らしいが、今は誰にも使われていないそうだ。

「それじゃ、準備から始めるわよ」

「はいです！」

テーブルの上に並べられたのは竜鱗、蜂蜜、井戸水、数種類の薬草であった。

俺たちだけで作るのは骨が折れるので、暇そうな冒険者に声をかけて拉致もとい厚意で手伝ってもらっている。

「まずは竜鱗を粉にしてちょうだいな」

リヴがあっさりと言うが、冒険者たちは目を丸くしていた。

「竜鱗なんてどこで手に入れたんだ……」

「一枚売るだけで、城が買えるほどの貴重な素材だぞ……」

リヴの話によると、これから万能薬の作成を始めるらしい。

そこで、俺の力が必要となるそうだ。

「準備が整ったら、グラッドの出番ね。薬剤調合スキルを使ってね」

「分かった、任せてくれ」

薬剤調合スキルを発動させて、素材に魔力を注ぎ込む。淡く輝いた魔力が素材を圧縮し、用意した樽の中になみなみと液体が溜まっていく。

「成功よ。この調子だとかなりの量が期待できそうね」

▼Create：『万能薬』の作成に成功しました。

スキルがあると、意外と簡単に作ることができるんだな。

この調子でどんどん作っていこう。

†×†

夕刻。お姉さんは驚きの声を上げた。

「七樽分は用意できました。これで当面は凌げると思いますので、住民たちに分けてあげてください」

「ちょ、ちょっと待ってください！　この色と輝きはまさか……万能薬ですか⁉」

さらに冒険者たちにも驚きが広がっていた。

「万能薬って、あらゆる病を癒すって噂の薬か？」

「なんでそんな物が大量にあるんだ？」

やはり目立ってしまったか。まぁ仕方ない。覚悟の上だ。流行り病で苦しんでいる人たちがいると知って、放っておくことができなかったし。俺の悪い癖だな。

「グラッドのそういうところ、あたしは好きよ？」

俺の心を読み取ったのか、リヴが嬉しそうに笑ってくれた。

リヴにも迷惑をかけてしまったが、力を貸してくれてありがとな。

「おかげで多くの命が救われます。なんとお礼を伝えたらいいのか……」

「お礼はいいですから、早く配ってあげてください。待っている人がいるんですよね？」

「はい、それではお先に……！」

お姉さんは冒険者たちを呼び集めて、冒険者ギルドの前に停車した幌馬車へと樽を運び始める。この後、領主様に確認を取り、騎士団や教会と協力して、住民たちへ無料で配布するそうだ。

「何もお礼できないのは心苦しいです。対価としては見合わないと思いますが、ギルドで飼育している馬をもらっては頂けないでしょうか？　もちろんギルドマスターからのご提案です。旅を続けるには何かと役に立つと思うのですが……」

と、お姉さんが耳と尻尾を垂れながら、頭を下げてきた。

「もらってあげましょうよ。もらってあげたほうがいいことだってあるのよ？」

「ん、そうだな」

「わあああ！　お馬さんに乗れますね！」

「みなさん。本当にありがとうございます……っ」

すると、一気に冒険者たちから歓声が沸き上がった。

「これで妻の病が治せます！」

「もう、安心していいのですね。おかげで長生きできます」

「グラッドさん！」

「グラッド様！」

次々に声を上げる冒険者たちは、俺たちを囲み、踊り始めた。

突然の歓声に怯えたのか、震えるテレサが目を丸くしてしがみついてくる。

その頭を撫でながら、俺は声を振り絞った。

「もう病の心配はない。安心してくれ！」

そう言うと、冒険者たちから次々に手を差し伸べられた。俺たちは彼らの手を握り返していると、ふと温かな気持ちに包まれていることに気付いた。

誰かに必要とされることって、嬉しいものなんだな。

純粋にそう思った一日だった。

▼Side Story1.　テレサの悩みごと

夜半過ぎ。

あれから冒険者たちに宴会へと誘われた俺たちは、深夜まで騒いでいた。

宴はまだまだ続くようだが、早めに退散させてもらった俺は先に寝てしまったリヴたちを抱えて、宿まで戻ってきた。

「すぅ、すぅ……」

起こさないようにベッドに寝かせて、布団をかける。気持ちよさそうな寝顔だ。

明日はお姉さんに新しい依頼を頼まれたので、早めに寝ておくかね。

そんなことを考えて、俺は床に転がって休むことにした。

†×†

――一体どれほど眠ったのか。

俺は、ふと身体が揺さぶられていることに気付いた。

「うにゅ……ご、ご主人さまぁ……」

テレサであった。

「どうした？」

俺は布団から起き上がると、小声で話しかけてくるテレサの目を見た。潤んでいる。もしかして悩みでもあるだろうか？

「うっ……ううっ……。お、お手洗いどこですか……っ！」

真っ赤な顔で、もじもじとするテレサ。

……おい。

「えっと、一階だが、もしかして場所が分からないのか？」

「そのまさかです……っ。二階をずっと探していたんですけど､見つからなくて……あう」

「そ、そうか……」

放っておくわけにもいかないので、一緒に行ってやることにした。

「ご主人さまにご迷惑をおかけして、申し訳ないです……」

「別に構わんさ」

宿代はきっちり三人分取られたが、仕方のないことだ。これからも一緒に旅を続けるのだから、この程度のことで謝られても困るというか。

「そういや、テレサに聞きたかったんだが」

「はいです？」

「どうして棺の中に閉じ込められていたんだ？」

用を済ませて部屋に戻る途中、月光に照らされたテレサが俺の腕を掴んできた。

「ご主人さま」

なぜだろう、言葉を飲み込んだ。

見つめてくるテレサはいつも以上に儚くて、寂しそうだったのだ。

「――わたし、ご主人さまと出会う以前の記憶がないんです」

衝撃的な言葉であった。

「どうしてあの棺で寝ていたのか分からないんです。文字も分かるし、一般的なことは分かるんですけど、過去に関わることがすっぽりと記憶から抜けているんです」

あの砦はリヴが色欲のアスモデウスと死闘を繰り広げた場所だ。なんとなく、テレサがそのことに無関係とは思えない。

「ずっと黙っているつもりだったんです。でも、人化ができるようになって、言葉が喋れるようになって、ご主人さまを身近に感じることができたら、ついお話ししちゃいました」

テレサは笑っているが、笑顔の裏では迷子のように泣いているようにも見えた。

――不安だったのだろう。記憶がないから、縋れるものがなかった。

そういえば棺から出てきたとき、えらく怯えていたっけ。あれも記憶がないことで混乱していたのかもしれない。

もしかして、テレサは今も孤独を感じているんじゃないだろうか？

「悪かったな、聞いちまって」

「いえいえ、平気ですよ！」

「それより、ちょっといいか？」

「ふえっ？」

テレサの背中に左手を回し、ゆっくりと抱きしめた。

「よく泣かなかったな。偉いぞ」

右手で頭を撫でる。すると、一瞬竦み上がったテレサの肩が、上下する。

「怖いなら、いつでも俺を頼っていいからな」

「ご主人さま……」

気付いたら、涙線を決壊させていた。

「嬉しいです……嬉しくて……ひくっ……」

テレサは目元を真っ赤に腫らし、ぽろぽろと透明な滴をこぼしている。

「うぅ……ふえええ……」

「大丈夫、ここにいるから」

取り乱すテレサ。わあわあと泣く。嗚咽交じりで最後は聞き取れなかった。

ようやく息をつく頃には、二十分を越えていた。

「……はぅ、すみません」

「もう平気か？」

「はい、おかげで元気になりました！　えへへ」

もう大丈夫そうだ。背中に回していた手を解くと、テレサは言った。

「……ご主人さまは、人外を差別しないんですね。わたし、最弱のスライム族なのに」

「差別？　テレサはテレサだろう。もっと自分を誇りに思えばいい。それが大切なことだって、俺もリヴから教わったんだ。未熟者同士、一緒にがんばろうぜ」

笑って言うと、テレサも笑ってくれた。

部屋に戻るまで、テレサは俺の手をずっと、ぎゅっ、と握っていた。

リヴの隣に寝かせてやると、やがて疲れ果てたのか寝息を立てる。

「……ご主人さま、ずっと、お傍に……」

安心しきった表情で、そんな寝言を呟いていた。
テレサ、今まで黙ってたけどさ。
俺、リヴとテレサにかなり助けられているんだぜ。
誰からも必要とされてなかった俺を、こんなにも慕ってくれるのだから。
それが本当に嬉しかったんだ。
だから、悩みがあったら手を貸したいと思ってる。
力になりたいんだ。
俺も、仲間として――。
「おやすみ、ふたりとも」
テレサは気持ちよさそうな寝顔を浮かべていた。

スライム『テレサ』
▼Unique Abilities(固有能力)
・人外ランク：最下位
・存在レベル：1
・人化：限りなく人族に似た姿へ変身する

Story3.　孤児院の子供たち

翌朝、俺たちは孤児院を訪ねた。

「教会の依頼ですか？」

「お姉さんがどうしても受けてほしいって言ってたわね」

「教会が総出で万能薬を配るらしいからな。子供たちの面倒を見てくれる人を探していた、ってとこだろう」

昨日、お姉さんから頼まれた依頼がこれである。

今日だけでいいので子供たちをお願いできませんか、と頭を下げられた。

報酬は金貨一枚――美味しい依頼だが、万能薬を提供したことへのお礼が込められているんだろう。

そんなことを考えていると、目的の孤児院に辿り着いた。

ノックをしてしばらく待っていると、玄関が開かれる。

「ごほごほっ……どなた、ですか……？」

出迎えてくれたのは、狐耳の少女。

テレサに近い年齢で、継ぎ接ぎだらけの和服を着ていた。

どことなくお姉さんに似ている。しかし、狐少女は体調が優れないのか顔色が悪い。

「具合が悪いのか？」

「い、いえ……今日は調子がいい方です……。ごめんなさい、お客様の前で……」

流行り病――にしては、症状が重すぎるような気がする。

妙な違和感を覚えて狐少女の手を取ると、氷のように冷たかった。

「あなた、呪いをかけられているわね？　グラッド、その娘の右手を見てみなさい」

狐少女の右手には、刻印があった。

「その刻印はね、呪術を受けたときに刻まれるものなのよ。ねえ、いつから呪いを受けているの？　心当たりはないかしら？」

リヴが問いかけると、小さな声で話し始めた。

「五年前、仮面の男に誘拐されたときから、です……」

仮面の男に誘拐された……？

「狐さん、もっと事情をお話ししてくれませんか？」

テレサに頷きを返した狐少女は、俺たちを孤児院の中へと招いてくれた。

来客用の部屋でソファーに腰を降ろし、誘拐について説明してもらった。

――五年前。

商業都市の周辺に低級悪魔が現れた時期があり、その悪魔たちを率いていたのが仮面の男だったそうだ。家族と隣町へ出かけていた狐少女は下級悪魔と遭遇し、攫われ、暗い檻の中で薬物や魔法の実験体に使われたという。

それから半月後、下級悪魔たちを追跡していた騎士団の活躍もあって、狐少女は無事に救出された。しかし、仮面の男の行方は掴めてないらしい。

聞いているだけで怒りが湧く話だな……。

「呪いはね、一度かかったら術者が死ぬまで解くことが難しいのよ」

狐少女の体にかけられた呪いの種類は断定できないが、症状から判断した限り、肉体を蝕んでいることは間違いなかった。

このままだと、この娘は苦しみ続ける。なんとかして助けてやりたいが……。

「できるかもしれないわ」

と、リヴが呟いた。

「たしか、竜の血と心臓が残っていたわよね」

「ああ、他の素材は使っちまったが、その二つなら残ってるな。治せるのか？」

「分からないわね。呪術者の魔力があたしより高かったら、手に負えないかもしれない。調合、頼むわね」

祈るしかないか。荷物から素材を取り出し、調合の準備を始めていく。

俺たちが狐少女の呪いを解こうとしていることを聞きつけたらしく、他の子供たちも集まってきた。

「狐ちゃん、元気になるの?」

「ずっと外に出られなくて可哀想なんだ……」

「お姉ちゃん、お兄ちゃん、助けてあげてっ」

リヴは何も言わなかった。助けられる保証が無いのだから、軽はずみなことを言うわけにいかないのだ。それでも伝わってくる。狐少女を助けようとしているってことが、見ているだけで伝わってくる。子供たちも理解しているようだった。

呪い、一方的に命を削り取る行為か……。

俺も傭兵時代、野盗を殺したことがある。近隣の住民を困らせていて、何人もの命を奪ってきたやつらを討伐した日のことだ。正しいことをしたはずなのに、その夜は罪悪感で眠ることができなかった。

こんな俺に言う資格はないが、仮面の男のしたことは最低の行為だ。

「これでどうかしら」

調合で完成したのは、万能薬を改良したものだった。

「綺麗……」

狐少女に手渡した小瓶の中身は、七色に輝いている。

「それはね、生命の滴って呼ばれているの。昔、偉大な賢者様が発見した呪術用の薬でね。数人に一人の割合で呪いを打ち消すことができたのよ。確証はないけど、騙されたつもりで飲んでみてくれないかしら？　もしかしたら奇跡が起きるかもよ？」

そう言うと、狐少女はおそるおそる手を伸ばし、小瓶を握ってくれた。

口へと近づけていく。

「先に言っておくけど、味はすっごくマズイからね」

狐少女の手が止まる。

おい、どうしてこのタイミングで言った。

「気にすることないわ。一気に飲みなさい」

しばらく迷っていたようだが、目をぎゅっとつぶってぐびっと飲み込む。

「ひう……」

とても複雑な表情を浮かべていた。よっぽどまずかったんだな……。

「あっ」

変化が起きたのは、その直後だった。狐少女の右手に光が灯り、刻印が消えていく。

「身体が、とても楽になりました……！」

リヴも、テレサも、孤児院の子供たちも一斉に歓喜の声を張り上げた。

「狐ちゃん、おめでとう！」

「これで外で遊べるねっ！」

子供たちに祝福されて、狐少女はぽろぽろと泣いていた。

「も、もう治らないと思ってた……」

「よしよし、今日まで頑張ったな。大丈夫、これからは笑って過ごせるよ。呪いはリヴが追い払ってくれたからな」

「お兄ちゃん……」

狐少女は子供たちに囲まれて、照れくさそうな笑みを浮かべていた。

「その笑顔、俺は好きだよ」

「ひぅ……」

狐少女が恥ずかしそうに顔を染めてしまった。

「むぅ、複雑な気分ね……」

「あはは……」

面白くなさそうにリヴが拗ねて、テレサが宥めていた。後で機嫌を取らないと、一日拗ねていそうな表情だ。この後が大変だな。

「お兄ちゃん、お姉ちゃん、ありがとうございます……！」

ま、この笑顔を守れたんだから、よしとするか。

†×†

孤児院では十名ほどの子供たちが、身を寄せ合って生活していた。

「今日は自由に遊んでもいいが、外出は禁止だ。どうしても外に行きたかったら、俺たちに相談するようにな」

「はーい」

子供たちは聞き分けがよく、思っていたより手間はかからなかった。ただ、着ている衣服が継ぎ接ぎだらけで慎ましい生活を送っていることが察せる。

そういや、裁縫スキルを覚えていたな。

「テレサ、買い物を頼んでもいいか？」

「はいです！　何を買ってきますか？」

「生地だな」

テレサが買い物に行ってる間、子供たちを呼び出して寸法を測り、服の希望を聞いてから型紙を作り始める。屋敷で暮らしていた頃は雑用も仕事だったので、同僚やメイドたちの服もしょっちゅう作ってたから、スキル無しでも家事全般は得意だったりする。

「買ってきました！」

テレサから材料を受け取り、裁縫と加速スキルを発動させて、通常の数倍の速度で仕上げていく。多少縫い目が粗いかもしれないが、今着ている服よりはマシだろう。

「こらー、木登りは危ないからやめなさいって――イヤアアアアアッ！　毛虫は無理、無理だからやめてえええええっ！」

庭が賑やかだな。リヴが子供たちの面倒を見てくれているようだが、子供たちに遊ばれているようだ。随分と好かれたな。

「お兄ちゃん、お疲れ様です。少し休んでください」

狐少女が茶と菓子を運んできてくれた。

「お、ありがとうな」

「私にも手伝わせてください。お裁縫なら得意なんです」

向かい側に座った狐少女。その手際は俺よりも良かった。

「……お兄ちゃんに、聞きたいことがあるんです」

「ん、俺にか？」

狐少女は言いにくそうに口をもごもごさせて、強めの口調で聞いてきた。

「お、お兄ちゃんと、リヴお姉ちゃんが結婚してるって本当ですかっ！」

「…………………いや、真っ赤な嘘だな」

「そうなんですね……！　じゃあ、まだチャンスがありますね……！」

何やらぶつぶつと呟いているが、聞かなかったことにしてあげよう。

というかリヴのやつ、さらっと嘘を吹き込むんじゃない。

「リヴお姉ちゃんって、女神様のように優しいよね」

ん、たしかにリヴは優しいな。面倒見がいいし、困ってる人を見かけると放っておけなくて、つい甲斐甲斐しく手を貸してしまう優しい子だ。悪魔だけど。

そんなこんなで、午前中には服を作り終わり、午後も近づいていた。昼飯は年長の子供たちが作っていたのだが、やはりというか質素な食事であった。

これだけの子供たちを養うのは立派なことであり、大変なことだ。子供たちの話を聞く限り、最近は寄付も減っているらしく、赤字が続いているらしい。

「お姉ちゃんもギルドで働いてるけど、孤児院でお世話になったお礼にお給金の殆どを寄付してくれてるの」

受付のお姉さんは、やはり狐少女の姉らしい。彼女の給金があるおかげで、どうにか孤児院は存続しているのが実情のようだ。苦労しているんだな……。

俺にできることは少ないが、今日くらいは贅沢をさせてやりたい。せめて菓子くらい作ってやろう。

そうこうして十五時を過ぎたので、子供たちを呼び集めることにした。

「これ、本当に食べてもいいんですか……？」

狐少女をはじめ、子供たちもびっくりしているようだった。

俺が作ったのはケーキであった。何度か作ったことがあるので味は大丈夫だと思うが、子供たちに食べてもらうのは初めてのことだ。口に合うといいが……。

「わぁ、美味しい……！」

良かった、喜んでくれたようだ。

「あー、そうだ。こっちはリヴとテレサの分な」

俺は別に作っておいたケーキを取り出した。

「え、どういうこと？」

「以前、リヴが甘いものを食べたいって言ってただろ？　せっかくだから作ってみたんだ。テレサも折角だし、丁度いいかなって思ってさ」

「嬉しいかも！」

「ありがとうございます！　ご主人さまってなんでもできるんですねっ」

リヴも、テレサも目を輝かせていた。最初は遠慮がちな様子だったが、ケーキを一口運ぶとフォークが止まらないようだった。

「ん～！　最高ねっ！」

「ほんと、美味しいですっ！」

「グラッドおじちゃん、おかわり！」

「おい待て、誰がおじちゃんだ」

料理を作って笑顔を見れると、俺も頑張った甲斐があるってもんだ。

食事が終わった後は、子供たちと他愛のない話をしながらのんびりと過ごした。

久々に平穏な時間を満喫していたのだが……。

気配感知スキルが発動した。

「伏せろッ！」

直後、視界が真っ白に埋め尽くされる。爆発に混じって瓦礫（がれき）が崩れる音が聞こえてきた。

幸いにも、狙われたのは孤児院ではなかったようだ。

隣の教会から悲鳴が聞こえる。

「盗賊だ！　盗賊が襲ってきた！　援軍を呼べ！」

騎士と住民たちの喧騒が混ざり、外は混乱に包まれている。年少の子供たちの中には泣き出す子もいた。

すぐにでも子供たちの避難を優先するべきか？　しかし、教会には子供たちにとって親同然の聖職者たちが残されている。もし彼らが命を落とせば悲しむだろう。そして、世界に失望するのだろう。そんな表情は見たくなかった。

「リヴとテレサは子供たちの安全を確保してくれ！」

「ご、ご主人さまっ⁉」

「あ、ちょっと――」

二度目の爆発音が轟くと同時に、俺は中庭から教会の窓へと飛び込んだ。

礼拝堂に繋がっていたようで、神父を始めとした聖職者たちに混ざり、結構な人数の住民たちが壁際に座らされていた。

そして、剣を振りかざしているのは男たちであった。

住民に紛れ込んでいたらしく、民族風の衣装に身を包み、口元を布で隠しただけの簡単な変装。だからこそ、誰も盗賊の接近に気付けなかったのだろう。

「おい、あんた……逃げてくれ……騎士団を、呼んでくれ……」

俺のすぐ側には、騎士団の青年が倒れていた。勇敢にも盗賊たちと争ったようだが、結果は見ての通りだった。まだ犠牲者が出ていなかったことだけが幸いだ。

「なんだお前……邪魔をするつもりか？」

盗賊たちは人間であった。奥には斧を振り下ろし、万能薬の詰まった樽を破壊している男たちがいた。

「話、聞こえてるよなぁ？」

舌舐めずりして、近づいてくる盗賊たち。話し合いは通じそうにない。神剣は手元にないが、この人数なら俺だけでもどうにかなるか。

「……盗賊なら、殺される覚悟もできているよな」

「何を言ってやがる。かかれ！」

号令で戦いは幕を開けた。

俺は騎士の剣を拾い、床を蹴り抜いた。

「遅いな」

すれ違い様に切り払う。ぐしゃり、と鈍い音が響いた。

盗賊たちが言葉を失っていた。

「剣を握っていいのは死を覚悟したやつだけだ。覚悟がないなら投降するんだな」

もっとも、その後は保証しないが。

「この野郎……っ！」

逆上した盗賊の歩幅に合わせ、跳躍した。

盗賊たちからは俺の姿が消えたように見えたらしい。呆然と立ち尽くしている隙を狙って首を刎ね、その体を壁まで蹴り飛ばす。

「これが最後の忠告だ。投降しろ」

「ふざけんな！　全員でかかれっ！」

やはりこうなるか。

一斉に襲いかかってきた盗賊たちへと向かい、剣が煌く。

跳躍からの突進――腕を、脚を、胴体を断った。

僅か数秒の攻防は、俺が剣を払うと同時に決着がついていた。

最後に残った盗賊が、時間差で崩れる音が響き渡る。

「もう聞こえないと思うが――」

振り返って告げた。

「お前らのせいで怪我を負った住民がいる。お前たちがこうなっちまったのも自業自得だ。次の人生があれば後悔するんだな」

領主に雇われていた頃も、こういう輩は頻繁に襲ってきた。

本当の悪人は反省などしないのだ。

「……命だけは助けてやろうと思ったんだがな」

すでに動かなくなった盗賊を見下ろしながら、吐き捨てた。

気を取り直して、怪我人の治療にあたるとしよう。

†×†

「ありがとうございました。グラッド殿。襲撃(しゅうげき)した盗賊らは王都で手配されている極悪人ばかりでしてな。騎士団でもてこずるような連中ばかりじゃ」

半壊した教会の外。

駆けつけた騎士団が用意した仮設テントの下で、団長に礼を言われた。

「いえ、みなさんがご無事でなによりです。それよりも、盗賊はどうして襲ってきたのか心当たりはありますか？」

「万能薬の噂を聞いたのでしょうな。万能薬は価値があるものですから、盗賊たちもほしがったのじゃろう。もっとも、持ち運べない分は破壊したようじゃが」

どこまで自分勝手な連中なんだか。

「ただ、問題がありましてな」

「……奴らが報復にくる、ということですよね」

「可能性としては考えられますな」

そんな連中とは、傭兵時代に嫌というほど遭遇してきた。

今回は人的被害が少なかったとはいえ、次も無事という保証がない。

子供たちのことを考えるなら、俺がすべきことは……。

「盗賊たちはどこから来ているのか、心当たりはありますか？」

「うーむ、街から馬で走って半日ほどのところに古歌の森があるのだが、そこに隠れているんじゃないかと噂されておるらしいが……」

「分かりました。ありがとうございます」

万能薬の情報が公開されてから、まだ一日と経っていない。

それなのに教会を襲撃してきたということは、数日前から盗賊たちは別の目的で街に潜伏していたのだろう。そして万能薬の噂を知り、目標を変えたと考えればおかしなことはない。

つまり、まだ拠点にとどまっている盗賊たちは万能薬の存在を知らない可能性が高い。数日も経てば盗賊たちも異変に気付き、今度は本格的な報復を仕掛けてくるだろう。そうなれば今度こそ犠牲者が出る。

「一人で盗賊退治に行くつもり？　あたしを置いていくなんて酷いじゃない」

「もちろん、テレサもご一緒します！」

「リヴ、テレサ……？　どうしてここに？」

「いつまでも帰ってこないから心配したのよ。もちろん一緒に行くからね。この騒ぎだし、子供たちも騎士団が守ってくれているはずだから、もう心配ないし」

こうなることが分かっていたらしく、宿屋に置いてきたはずの荷物はリヴが抱えていた。テレサも冒険者ギルドから馬を運んできてくれたようで、すぐにでも出発できそうだ。

三人で乗るには若干狭いので、人目に付かない場所へ移動してからテレサにスライム化してもらった。全員乗ったことを確認し、手綱を握る。

盗賊に反撃の機会は与えない。

襲撃の後始末に奔走(ほんそう)している街をあとに、俺は馬を走らせた。

Story4. いざ、盗賊の住処へ

——古歌の森。

森を一歩踏み出た先には、視界いっぱいに広がる緑の世界が待っていた。整備された歩道がまっすぐ伸び、森の奥深くまで続いている。

そんな自然に恵まれた道で、

「懐かしい場所ね」

朝の陽射しを浴びながら、リヴは空を仰いだ。

「昔、ここには雷帝獅子ゲルニカっていう英雄が暮らしていてね。一緒に大罪の悪魔と戦ってくれたのよ」

雷帝獅子の名は聞いた覚えがある。断罪戦争で大きく貢献したとされ、人類を平和に導いた三英雄の一人とされていたはずだ。

まさかそんな英雄とリヴが、知り合いだったとはな。

「昔はここにお城があったの。でも、今は見当たらないわ。三百年も経てば変わっちゃうものよね……」

リヴの横顔は、どこか哀愁を感じさせた。

三百年という歴史を前に、俺はかける言葉が見つからなかったが――、

「ほえ、リヴさまって嫉妬の大罪神剣だったんですか！　なんだか格好いいです！」

俺の頭の上でキャンディーを舐めながら言葉を弾ませるテレサを前にして、リヴはしばらく口を開けていた。

「ちゃんと話を聞いていたわよね？　あたしが怖くないの？」

「どうしてです？　リヴさまはお優しいですよ？　いつもお話ししてくれますし、昨夜も魔法を教えてくれました！　きっと歴史の方が間違っているんです！」

キャンディーを舐め終わったテレサが、キョトンと首を傾げていた。

その純粋な言葉があまりにも穏やかで、優しかった。

「グラッドも、テレサも、本当お人好しよね……」

「？　リヴさま、寝不足ですか？　目が真っ赤ですよ？」

「うふふ、誰のせいだと思う？」

「うー？」

「そんな二人のこと、あたしも好きよ」

テレサの言葉に救われたリヴは、こっそりと涙を拭っていた。

†×†

古歌の森、中層。

「反応があるな」

地形探査スキルを発動し、気配感知スキルで盗賊たちの住処を探索すると、川沿いに密集した小屋をいくつか発見した。

「へえ、ちゃんと生活の基盤を築いているのね」

小屋の付近には畑も存在し、柵の中に押し込まれた鶏やイノシシの姿が確認できた。養殖しているのだろう。

鑑定スキルによって村全体が赤く光っているので、盗賊の住処で間違いないようだ。

「それじゃ、喋らないようにな」

「はいです」

気配を消すために、リヴには神剣化してもらい、テレサはスライムのまま頭の上で待機してもらうことにした。

住処に近づいていくと、隣接する洞窟から青い光が漏れていることに気付いた。

「状況から考えると人質――いえ、売り払うための奴隷がいるのかしら」

「でしたら、騒ぎを起こすのは危険ですねっ」

ふむ。盗賊たちを壊滅させる前に、奴隷を解放する必要があるな。

「落ち着いてゆっくり進みましょう」

物陰に身を潜めながら慎重に洞窟へと近づく。

途中、やたらと血の匂いのする小屋があった。少し離れた場所に大きな穴が開いており、そこから強烈な腐臭が漂っている。まさかと思って覗き込んでみる。

そこには――。

「はわわっ……」

「酷いわね……」

手足を欠損した人の亡骸が、放り込まれていた。あの小屋で拷問を行い、ここに捨てたのだろう。人を玩具扱いしていやがる。

「……これが人のすることなんだな」

「いいえ、命あるものがすることよ。今も昔も変わらないわ。自分が生きるためなら他者だって平気で傷つける。それが賢い生物のすることよ。グラッドが生贄にされたようにね」

俺たちは両手を合わせてから一礼し、その場から立ち去った。

ようやく洞窟前に辿り着くと、三人の盗賊たちが見張りをしていた。

「ここは任せてくれ」

俺はそう言うと、淀みない魔力を解放し、加速スキルを発動させて神剣を振りかざす。

盗賊たちの一瞬の虚をついて肉迫し、薙（な）ぎ払った。

「お見事ね」

「ご主人さま、流石です！」

倒れ伏した盗賊たちを背に、俺たちは洞窟の奥へと進んでいく。

地形探査スキルで読み取れた情報によれば、この洞窟は迷宮のように入り組んでいた。

松明（たいまつ）が一定間隔に置かれているが薄暗く、足音以外に聞こえてこないのがなんとも不気味である。今はとりあえず、鑑定が示してくれる青い光の見えた方へ進んでいく。

途中、巡回の盗賊と遭遇したが、騒ぎを起こされる前に始末し、先へと進んでいった。

少しずつ、確実に縮まっていく距離。

青い光まで近づいているのだが、ふと不思議な声が聞こえてきた。

「か……や……」

女性の声、だと思う。

「かば……やき……」

「な、なんですかこの声？」

あまりにも突然のことにテレサも驚いたのだろう。焦れたようにリヴも動き出す。

「ここから聞こえるわね」

警戒しつつ声のする方向を覗く。青い光が、扉についた鉄格子からこぼれている。

「うぅっ……」

部屋の中には、両手を鎖の枷でつながれた女性の姿があった。

「かばやき……わたしはかばやき……ふふ、あはは……ふへへ……」

虚ろな目で天井を眺めながら、ぶつぶつと呟いている。

まずい。相当精神を病んでいるようだ。

「おい、大丈夫か？」

「かばやき、かばや――ほへ……？」

女性は顔を上げる。ふんわりとした金髪ロングに、碧眼がよく似合っている。

年齢は俺と同じか下だろうか。

彼女に変わっているところがあるとすれば、下半身が蛇ということだ。

ラミア族に違いない。

「あれ？」

先ほどまで焦点の合わなかった目を、覗き込むように向けてくる。

「もしかして、わたしを助けてくれたヒト？」

「んっ……？」

「覚えてないかな？　ほら、竜の生贄にされていたわたしを助けてくれたよね？」

……あー、そういえば、リヴと出会う直前にそんなことあったなぁ。

ん、ちょっと待て。

「どうして俺って分かったんだ？」

俺はリヴとの契約によって、以前と容姿が異なっている。それなのに、どうして俺の正体を見抜けたのか疑問だった。

「ラミアは心の色を見ることができるの。あなたの心はとても澄んだ綺麗な色をしているから、一目で分かったよ。他にそんな人間は見たことなかったから……」

へえ、変わった特性を持っているんだな。

「わたし、このままだとかばやきにされちゃうんだ……」

「ねえ、さっきからかばやきってなんのことよ？」

ラミアは表情を曇らせた。

「わたしを食べるとね。不老不死になるんだって」

「…………え、なんだって？

「多分、人魚に似ているから間違えたんだと思うけど……貴族様に買われて……かばやきにされて食べられるところだったの……ぐすっ……」

ラミアをかばやきにして食べる？

いやまぁ、昔は人魚の生き胆を食べると不老不死になるって噂が流れたことがあるらしいが、あれは嘘だったはずだ。今でもそんな噂を信じているのは、よっぽど田舎に暮らしている貴族くらいしか思い浮かばないんだが……。

「た、大変だったな」

「同情してくれるんだね。ありがとう、優しいなぁ……」

涙腺を緩めるラミア。

とにかく洞窟から脱出することを優先したほうがいいだろう。

「扉を開けるには、鍵が必要か」

「持っているとすれば見張りだろうけど、この部屋にはそういった痕跡がないわね」

「うん、盗賊のボスさんが鍵を管理してててね、肌身離さず持っているみたいだよ」

「まじか……」

少し思案していると、

「ふえ？　テレサなら中に入れますよ？」

そうか。テレサならスライム化して鍵穴から扉を開けられる。

「頼んでもいいか？」

「はいです！」

一呼吸置いて、テレサは俺の頭から扉へと飛び移り、鍵穴の中へと侵入する。

「しかし、どうしてまた盗賊に捕まっていたんだ？　いや、そもそも竜の生贄にされていた理由も気になっていたんだが」

「うっ、話すと長くなるんだけど……」

ラミアは語りだした。

「生贄にされたのは、お腹が空いて倒れていたところを領主さんに助けてもらって、美味しいご飯をご馳走するよ、って誘われたからなの……。わたし、喜んで付いていったんだけど、食事中に突然眠くなっちゃって……。気付いたら生贄にされていたの。途方にくれていたときに助けてくれたのが、あなた」

一呼吸おいて、ラミアは淡々と続ける。

「それからこの森まで歩き続けて、今度こそ飢えて死んじゃうっ、って思ったら盗賊に拾われたの。ご馳走を沢山用意してくれるって言うから喜んで付いていったんだけど、また騙されちゃって……」

一瞬、アホの娘という言葉が脳裏を過った。

えっと、うん。そうあれだ。彼女は運がいい。とてつもなく運がいい。

竜の生贄となり、盗賊たちに捕まって、それでも尚生きているのだから強運の持ち主だ。

きっと空腹状態の極限まで陥って、正常な思考を持てなかっただけに違いない。

「ラミア族は美人で魔法の才能が高いんだけど、知能があまり高くないのよ。だから、悪い輩に騙されやすいのよね」

それで食べ物に釣られたのか……。

「ここを出られたら、林檎でも食うか？」

「いいの？　食べます！」

林檎と聞いて、ラミアの表情が明るくなった。可愛い。嬉々として尾を振っている。

すごく飢えていたんだな。可哀想になってきた。

「故郷には帰らなかったのか？　家族を頼れば飢えることもなかったと思うが」

「家族？　わたしは生まれた時から一人だったよ？」

ふいに、ラミアの声が弱まっていた。

「わたし、生まれた時から奴隷商に飼われていたの。ラミアは希少種で値段が高いんだけど、ドジばっかりするわたしは売れ残っちゃって……。それでね、最近になって捨てられちゃったの。突然、馬車から追い出されちゃって」

そうだったのか、悪いことを聞いてしまったな。

一瞬の沈黙……そして、バタンと扉が開いた。

「開きました！」

俺たちは部屋の中に入り、ラミアの枷（かせ）を剣で破壊する。

「早くここから出るぞ」

そう言い、ラミアの手を引き外へと向かう、が――盗賊の気配が強まってきている……。

急ごうとしたが、体力を消耗したラミアはふらふらとして、逃げ切れそうにない。

「テレサとラミアは部屋の隅に固まっていてくれ」

ここで迎え撃つのが、最善の手に思える。

そのやり取りから殆ど間をおかずに盗賊たちが到着した。

「貴様か。潜り込んだ鼠（ねずみ）とやらは」

盗賊たちを率いるのは、虎の毛皮を頭からかぶった大柄の男であった。

その肩には二メートルを超える巨大斧を軽々と担いでおり、どちらかといえば山賊と呼んだ方がしっくりくる姿だ。

「けけ、商品は増えたが、野郎は価値がねえから廃棄だな」

渋い顔を浮かべると、他の盗賊たちも笑い始めた。

人数は十ほど。

ボスを除いた盗賊たちが一斉に跳躍し、短剣で押し迫る。

「いい判断だな。でも――」

「隙だらけね」

神剣を振りかざした直後、視界を埋め尽くすほどの紅い閃光が洞窟内を照らし、盗賊たちが動きをとめる。

直後、それが無数の熱塊と化して射出された。

轟音（ごうおん）。

煌々（こうこう）と輝く灼熱の飛礫（つぶて）。

声も上げられないまま盗賊たちが肉体を燃やし尽くされ――その間を駆け抜けて、ボスへと走り寄った。

神剣を構える。

「――させるかよ」

「――っ!?」

その一言に体が反応し、迷うことなく飛び退(の)いた。

目の前に斧の一撃が走る。

「ほぅ、避けやがったか。ただの鼠じゃなさそうだな。名前を聞いておこうか」

俺の顔を覗き込みながら、ボスが言った。

「教えても無駄だ。ま、あえて名乗るとしたらそうだな――孤児院のお兄ちゃん、だな」

俺は、疾駆(しっく)した。

「この状況で戯言(ざれごと)を抜かすとな――殺せっ！」

盗賊たちが流れ込んでくる。

次々と放たれるのは火矢の雨。風を切る音が陽炎(かげろう)を揺らす。

右からは剣が突き出され、左からは吹き矢が飛んできた。

狙いは必然、すべて俺に集まっていく。

奴らの動きが分かれば一歩先を仕掛けることができる。

それはつまり……。

「予想通りの動きだ」

腰をひねって神剣を穿(うが)つ。視線は中央。盗賊共を手足の如く使うボスのみだ。

軽く剣戟を放つ。底の知れない力の波動が、光の円環を顕現させる。

刹那、俺たちは躊躇を挟まずに雄叫びを上げる。

「先に手を出してきたのは貴方たちよ！」

「俺たちを殺したいなら命を賭けやがれッ！」

幾何学的な紋様が、神剣に溶け込むようにして混じり合う。

「雷鳴よ、弾けなさい！」

リヴが詠唱を紡いだ瞬間、ゴォン、という派手な音が残響した。

青白い魔力が直線を描き、放電するかのように盗賊たちへ襲いかかる。

――召雷。

雷属に分類される中威力の魔法だが、その攻撃範囲は広く、範囲内の対象を感電させる効果がある。さらに刃に灯された稲妻が轟音を掻き立て、追撃する。

「剣技に、魔法を操るだと？　ありえん！」

俺は剣技に関してはそれなりの自信がある。そこへリヴの魔法が組み合わさったのだから、負ける気がしなかった。感電を逃れた盗賊を一太刀で葬る。

「こいつ、化けもんだ……」

盗賊たちが震えていた。

外で見た屍の数々。

教会の襲撃――罪の無い民間人に危害を加えた事実。

手加減してやる理由がどこにもなかった。

魔力と剣技の乱舞の衝撃で、洞窟は激しく揺れていた。
▶Skill：『看破』を修得しました。
▶Skill：『闇討ち』を修得しました。
▶Skill：『忍び足』を修得しました。
「この野郎っ――がぁっ⁉」

足払いでバランスを崩させた盗賊へ、突きを放つ。

尻餅をつき、片手をあげて降参していた盗賊が、背中からナイフを引き抜いたのを看破して、心臓を貫いた。

ほどなくして、すべての盗賊は昏睡していた。

最後にボスのもとへ歩いて向かうと、信じられないほど落ち着いた表情をしていた。

「……俺様は数年前まで、闘神都市の闘技場で剣闘士をさせられていた」

――闘神都市。

この世界のどこかに存在する浮遊大陸――エル・ドラド。

女神が生まれた始まりの大陸とも呼ばれているが、実際は悪事が蔓延る独裁国家と聞いている。そこには世界中の奴隷を集め、見世物にする闘技場という施設があるらしい。

つまり、奴隷を剣闘士に仕立て、殺し合いをさせる娯楽施設のことだ。

そこで生き残ることは簡単なことじゃない。

「賭博の借金が原因で天使族に売られちまってな。百人殺しを達成するまで闘技場から外へ出ることは許されなかった」

ボスの右肩には『Ains』と刻まれた奴隷の証が焼き付いていた。

つまり、こいつが外にいるってことは……。

「そうだ、俺様は百人殺しを達成して闘技場を出たんだよ。破壊のダグザって二つ名で呼ばれていてな。結構恐れられていたんだぜ」

ダグザは巨大斧を構えると、跳躍した。

「いつも観客席から野次を飛ばす金持ち連中を見て思ってた」

斧が振り上げられる。

「てめえらをぶっ殺してやるってな！」

「────ッ！」

衝突。神剣を両手で構え、上空からの一撃を真っ向から受け止める。

ただ剣と斧が接触しただけだというのに、それだけで暴風が吹き荒れ、俺の足が地面へ食い込んだ。とてつもない破壊力であった。

「怯えろよ、恐怖しろよ、絶望に染まった顔を見せやがれ！」

フッと鼻で笑うダグザ。

その斧は、一撃で骨を断つ威力を誇る。掠れ(かす)ればひとたまりもないだろう。

しかし、俺は笑った。

「悪いが、絶望するのはお前だけでいい」

「――ッ！」

ダグザは強い。以前の俺になら勝てたかもしれない。

しかしだ。それだけでしかないのだ。

「俺たちは生き残るために、百の竜を始末してきた」

百人殺しと、百竜殺し。

同じ地獄を味わった者同士の戦い。

どこまでも似ている境遇なのに、徹底的に違うモノ。

それは、

「仲間に恵まれなかったな、ダグザ」

「貴方はここで――」

風切り音。剣に力を込める。

驚きで眉(まゆ)を吊り上げるダグザを、冷たい視線で睨んだ。

「――終わりだッ！　」

穿つのは、俺がリヴと出会う以前に編み出した自信の技。

竜の皮膚すらも貫き、岩石すらも粉砕する一点集中の突き。

名を、月牙(げつが)と呼ぶ。

「馬鹿な……」

直後、ズガン、と金属質の重低音。

ダグザは巨大斧ごと心臓を貫かれ、おかしな方向に体を捻じ曲げながら吹き飛んでいった。地面に倒れたダグザはぐったりと倒れたまま、もう二度と動く気配はない。
▼Skill：『指揮戦術』を修得しました。
「ご主人さま、リヴさま、大丈夫ですか!?」

テレサが走り寄ってきた。

「平気だよ。心配してくれてありがとうな」

「はぅ、良かったです……」

「グラッドがいくら特別でも、無茶をしすぎだとは思うけどね」

「……それを言われると困るな」

申し訳なくなって言い添えると、リヴは安堵するような笑みをこぼした。

「二人とも、お疲れさん」

そう言って笑いかけると、テレサは表情を輝かせて、ありがとうございます！　と、お辞儀をした。

それを見て、人化したリヴが抱きついてきた。頭を擦りつけてくる。

「おい、どうしたんだ？」

「……グラッドが生きてないと、あたしにとって何の意味もないんだからね……。死んだら、嫌だよ……」

まったく、甘えん坊だな。

竜の渓谷で竜を倒してきたというのに、盗賊退治に力を貸してくれたというのに。

ずっと、不安だったんだな。すまん。

小刻みに震える肩を抱き寄せながら、ふと考える。

一人の死者も出さずに盗賊を倒すことができた。

俺たち三人の初陣としては、なかなかの手柄じゃないだろうか。

「大丈夫だ、俺は勝手に消えたりしないから」

「約束だからね？」

リヴに何度も頷く傍らで、俺は拳を強く握りしめた。

†×†

外へ出ると、すでに陽が傾きかけていた。

ラミアに肩を貸しながら、薬草小屋まで引き返す。

「うん、わたしの名前はリリスっていうの」

「リリスか、良い名前だな。改めてよろしくな」

「ありがとう！　これからよろしくね！」

リリスは嬉しそうに頷いた。

その頷き方はまるで、父親を慕う娘のようであった。

父親ついでに伝えておくか。

「なあ、リリス。さっきの話だけど、家族がいないって話」

「うんうん？」

彼女の境遇を思い出しながら、俺は言った。

「良かったら、俺が家族になってやろうか？」

「えっ……？　そ、それって……」

ぼんっと、リリスの頬が火がついたかのように真っ赤に染まる。

……言ってから気付いたが、今の言葉じゃまるで告白みたいだな。

もちろんそんなつもりはなかったが、他人が聞いたら誤解するかもしれない。

「どういう意味かしら、グラッド」

「なんだか楽しそうに口説いてましたね、ご主人さま」

うん。こうなるような気がしてた。目が笑ってない。

俺の両サイドから、恐ろしい速度でぐいぐいと胸を押し付ける少女たち。グリグリして痛い。

「誤解だって。俺はただ彼女を一人にしたくなかっただけだ」

「ご主人さま、リリスさんのお胸の感想はどうですか？」

「ああ、最高だと思う。それこそ毎日拝みたいくらいに——待てリヴ！　そっちの方向に関節は曲がらないって！」

「うぅ～、グラッドが寝取られたぁ！」

意味を分かって言ってるんだろうか。

そんなやり取りをしていると、今度はリリスが頭を下げてきた。

「グラッドくん、お願いします。どんな雑用でもしますから、一緒に連れて行ってくれませんか？　二度も命を助けてもらった恩を、お返ししたいの……！」

リリスは俺の手を掴んで、懇願してきた。服の下で豊かな膨らみが揺れている。

このまま彼女を野に話したら、一週間後にはまた捕まっている気がする。それこそ、かばやきにされているかもしれない。

まぁ、今さら一人増えたところでさしたる問題はないか。

「一緒に来たいなら来ればいいさ。俺は歓迎するよ」

含みを持たせて言うと、テレサもリヴも歓迎してくれた。

リリスはちょっとだけ顔をくしゃくしゃにすると、嬉しそうに喜んでくれた。

さて、やるべきことは終わった。

今日は薬草小屋で一泊して、明日にでも商業都市へ帰るとしよう。

「グラッドは誰にでも優しいわよね」

「そうでもないぞ。非道な輩には容赦しない」

「ご主人さまはですね、人外も関係なく接することが凄いですよ？」

左側から、テレサが蒼い瞳を向けてきた。
「そうなのか？　当たり前のことだと思うがな」
「ふふ。差別をしないのが、グラッドの長所だと思うわよ」
今度は右側から、リヴの紅い瞳が向けられる。
彼女たちは俺にとって、大切な存在だ。
それが仲間として好きなのか、異性として好きなのかは分からない。
でも、彼女たちを眺めてみると、こう胸が熱くなる。
初めての経験だった。
——人間と人外。権力と地位。迫害と差別。
旅を続けてきて、やりたいことがぼんやりと見えてきた気がする。
それがはっきりとするまでは、みんなにはまだ黙っていよう。
吹き抜ける風に髪をなびかせながら、俺は夕陽に向かって歩いた。

†×†

——翌朝。空からこぼれる雫。

晴天だというのに降り出した雨が地中に染み込んでいる。

ぬかるんだ地面を軽やかに進む馬に乗りながら、俺たちは商業都市まで戻ってきた。

遠くの門に狐少女の姿が見えた。俺たちを見つけると、慌てて街へと消えていく。

「お兄ちゃん……！」

「グラッドさん、おかえりなさい！」

門をくぐると、お姉さんと狐少女、騎士団の面々が出迎えてくれた。

どうやら、狐少女が呼んでくれたらしい。

団長と視線が合うと、俺はダグザの斧を差し出した。

「盗賊団を退治してきた証です。紋章が刻まれていたので証拠にでもと――」

言葉の続きはかき消された。

「なっ……!?」

騎士団長は持っていた槍を放り出し、瞬時にダグザの斧を見た。

「この紋章は……ッ！」

様子がおかしい。

「疲れているところ悪いが、一緒に来て頂けないじゃろうか」

ふむ、何かを知っているようだ。

俺は馬を止め、リリスをテレサに託した。

「グラッドくん……行っちゃうの……？」

別れ際、リリスは俺の手を握ってきた。甘い芳香がする。気持ちのいい匂いだ。

そのまま、置いてったらやだよ、とばかりに尾を体に巻き付けてきた。寂しいようだ。

「大丈夫、すぐに戻るから」

「ほんと？」

「本当さ。テレサ、宿に案内を頼む」

「はい、お任せください！」

テレサは元気よく返事をすると、リリスと馬を連れて宿へと向かった。

「グラッド、行きましょう」

その背中を見送ってから、俺とリヴは騎士団長が用意した馬車へ乗り込み、屋敷まで案内を受けた。メイドたちに通されたのは来客室であった。騎士団長は廊下で待機。お姉さんに手招きを受けて、俺たちはソファーへと座らされる。

待たされること数刻、質素な服に身を包んだ領主が現れた。

背もたれの長い椅子に腰を降ろす。

「ほう、君が噂のグラッド君か」

領主は人当たりの良さそうな笑顔を浮かべ、はっきりと言った。

「失礼ながら、もっと高齢だと思っていた。受付嬢がお熱になるというのもわかるな」

「ふえっ⁉　ち、違いますからねっ⁉」

領主とお姉さんは親しい間柄らしい。領主にからかわれて、真っ赤な顔を横へぶんぶんと振りまわした。

……そこまで必死に否定しなくてもいいのに。

「この度の働き、誠に見事であった。領民のために身銭(みぜに)をきって薬を用意し、教会を襲撃した盗賊たちを、迅速に制圧してくれたそうじゃないか」

領主は屈託のない笑顔を浮かべている。だが、表情の裏に影が隠れていた。

「すみません。俺たちが招かれた理由は何でしょうか？」

「ちょ、ちょっとグラッド！　失礼だって！」

ストレートに切り込むと、リヴが慌てた。

そして、領主は言った。

「仕事を依頼したい。下手をすれば、この大陸が壊滅するかもしれないのだ」

それは妄想の類でも、虚言でもなく――。

「禁忌(きんき)の呪術騎士ファルギウスの動向を調査してもらいたい」

深刻な香りを漂わせる言葉だった。

「ファルギウスだって⁉」

「ちょっと待ってください！　どういうことです⁉」

俺も、お姉さんも同時に立ち上がった。

「ね、ねえ？　二人してなにをそんなに慌てているのよ？」

リヴだけはソファーに座ったまま、事態を呑み込めていないようだった。

そうか、リヴは知らないのか。

「三十年ほど昔、この大陸で魔竜戦役と呼ばれる戦争が行われたんだ。竜の大群が押し寄せて、大陸全土を巻き込んだ大規模な戦争だよ。そのとき、たった一人で竜の大群を滅ぼした英雄がいたんだ。その男の名はファルギウス。ヴァンパイア族が誇る生きた英雄で、禁忌の呪術騎士と呼ばれている」

「一時期は聖王国が誇る十二神徒に任命されるほどの功績を持っていたのですが、敵に対して非道な行いも見受けられました。そして、魔竜戦役が終わってすぐに彼は事件を起こしました。ある村の住民を全員、生贄として殺したのです」

この事件は聖王国に暮らしている人間なら、誰もが知っていることだ。なぜなら、ファルギウスは極刑にならなかったからである。

戦争で何十万という命を救った功績のおかげで、今は永久幽閉を受けている身のはずだ。

「まさか、脱獄したんですか？」

「うむ、五年ほど前だ。監視の目を盗み、脱獄したファルギウスは行方をくらました。王都の騎士団も追っているが、十日ほど前に事件が起きてな、事態が急変したのだ」

「事件、ですか」

「うむ、竜の渓谷に封印されていた大罪神剣が盗み出されたのだ」

「「ぶっ」」

俺とリヴは同時に咽(むせ)た。

すみません、大罪神剣はファルギウスに関係ないです……。

「これは一部の上層部しか知らない話だが、商業都市から真っ直ぐ北に向かった場所に竜の渓谷がある。そこの族長である魔竜の体内に、嫉妬の大罪神剣が封印されていたのだ。しかしな、すべての竜を滅ぼし、何者かが持ち去った痕跡があった。こんなことが可能なのはファルギウス以外におるまい」

「そ、そうでしょうか……」

「うむ。国の上層部はファルギウスの仕業だと睨んでいる。あやつは昔から邪悪な存在に興味を持っていたからな。もし大罪神剣が悪しきモノの手に渡れば、再び悪魔が解き放たれるであろう。そうなれば世界は大変なことになる」

領主は、拳でテーブルを叩いた。

どうしよう、居心地が悪い。

俺が契約者です、って打ち明けるわけにもいかないし……。

「ファルギウスの潜伏先に心当たりはあるのですか？」

「私の調査では、魔法都市ゼラムが怪しいと睨んでおる。あそこの領主はファルギウスを崇拝していた。議会でも度々過激な発言をしておるのだが、ここ数年で急激に都市を成長させた功績があって、王都から信頼を寄せられている」

いくら英雄とはいえ、誰にも見つからずに数年も逃げられるはずがない。

誰かに匿われていると考えるのが妥当だろう。

そして、ファルギウスほどの英雄を匿える人物は、おのずと決まってくる。

俺たちに領主が依頼してきた理由がわかった。これだけ怪しいと睨んでも、領主の立場では他の領地に干渉することはできないからだ。

「頼む、引き受けてくれないか？」

領主の目は真っ直ぐだった。

ファルギウスが大罪神剣に関与していないのは明確だが、放っておけば犠牲者が増える。

それに、聞きたいこともある。仮にも十二神徒とまで呼ばれた男だ。もしかしたら、リヴの探している色欲の大罪神剣に心当たりがあるかもしれない。

リヴを見つめると、頷いていた。

彼女が行くというのなら、俺に断る理由がなかった。

「わかりました。お受けします」

「おぉ、引き受けてくれるか！」

「ただし、大罪神剣の存在が確認できなかった場合は、調査報告書だけの提出になります。それでもよろしいですか？」

「うむ、構わん」

禁忌の呪術騎士ファルギウス。

人類の英雄。ヴァンパイア族の到達点。

殺戮（さつりく）の犯罪者。究極の呪術を追い求め、才能に恵まれた孤高の騎士。

「それとだな、ファルギウスの容姿だが――」

領主は、最後にこう言った。

「――仮面をつけておる」

不意に、狐少女の言葉を思い出す。

『ねえ、いつから呪いを受けているの?』

『……五年前、仮面の男に誘拐されたときから、です』

まさか、狐少女に呪いをかけたのは……。

▼Interval. 呪術騎士ファルギウス

——魔法都市ゼラム、郊外の屋敷。

「ご主人、ボクの見た記憶は以上です」

仮面の男に跪く(ひざまず)のは、白猫の獣人だった。

「そうか、ダグザが殺されたか。使える奴だったのだがな」

男は、白猫の頭に手をかざし、記憶を読み取っていた。

「グラッドと名乗る青年は、只者(ただもの)じゃありませんでした。奇妙な剣も持っていましたし」

「商談に行かせた手土産としては最高だな。そいつは、大罪神剣の契約者かもしれない」

「そうかもしれません。ダグザほどの男が一瞬で敗北するほどでしたから」

仮面の男は笑った。

強くなりすぎた自分を、久々に胸躍らせる存在が現れたことを喜び、無邪気に笑い続ける。

「くく……グラッドか」

彼の目的は一つ——憎き世界を滅ぼすこと。

その日を夢見て、あらゆる禁術を極めてきた。

「シュシュ、屋敷の周囲を警戒しておけ。近々、ここを嗅ぎつける予感がする。もし見つけたら、ここへ誘いこめ」

「御意に」

仮面の男は、呪術騎士ファルギウスは笑う。

百の禁忌と千の呪いを操り、世界を滅ぼすために。

「クッハハハハハッ！」

その日まで、無邪気に笑い続ける——。

▼Side Story2.　リリスとシュークリーム

夕陽が、商業都市に差し込んでいた。

露店も店じまいを始め、商人たちは撤収作業にかかっている。

俺たちは宿へ引き返した。

「お帰りなさいです！」

「おかえりなさい～！」

部屋に戻ると、テレサとリリスが飛び込んできた。嬉しそうである。なぜか、のしのしと身を寄せてくるのが気になるが。

「ただいま、遅くなって悪かったわね」

「ほれ、土産だ」

帰り道、屋台で買ってきたタルトを手渡すと、二人とも目を輝かせた。一緒にいたはずのリヴまでもが、物ほしげに眺めている。

「一人一個までだぞ」

注文をつけたのに、リヴが奪うようにタルトを持ち去っていった。テレサが慌てて追いかける。まぁ、三人で仲良く食べられるように全部同じ味にしてあるんだが。

「グラッドくんって、世話を焼くのが上手だよね」

「そうか？」

「うん！　本人は気付いてないかもしれないけどね！」

そういうもんなのか。

「グラッドくんは食べないの？」

「俺はいい。これから物を売りに行くんだ。帰りが遅くなると思うが、一緒にくるか？」

「行くー！　でも、何を売りに行くの？」

「宝石とか、鉱石とか……旅に不要なものばかりだな」

「へえ、そうなんだ！」

にこにこと笑うリリスを連れて、外出することにした。

†×†

整然と区画整理された歓楽街――。

昼間は殆どの店が開いていないのだが、夜になると華やかな街通りへと姿を変える。

ここではサキュバスが営業する特別な宿や、人魚が歌う酒場などが密集している。まぁ、そういった店が開かれている背後では、賭博や違法薬品の密売、奴隷の売買などが行われているのが実情だ。

俺が今回立ち寄るのは、遺跡などの発掘品を買い取りしてくれる健全な商会である。

「――以上の買取をお願いできますか？」

「かしこまりました。すぐ査定に取り掛からせて頂きます」

大手の商会は冒険者ギルドに隣接しているのだが、盗賊団の件で住民たちに顔を覚えられてしまった俺が入るには、いささか場所が悪い。なので、多少買い取り価格が安くても、融通の利くこちらを選んだ。

ちなみに売るものは、竜の渓谷で手に入れた鉱石の一部である。

「大変お待たせいたしました。ミスリル鉱、金鉱石、銀鉱石……合わせて、金貨二十枚ほどでいかがでしょうか？」

ふむ、リヴたちと旅を続けても、贅沢をしなければ半年は暮らせる計算だ。

「分かりました、お願いします」

俺は金貨二十枚を受け取り、流石に重いので紙幣と交換してもらった。

懐が温まったところで、商会を出る。今宵も月が綺麗だ。

「軽く甘いものでも食べにいくか？」

「行く！　って言いたいけど、わたし、お金持ってないからやめておこうかな……」

「そのくらい出してやるよ。ほら」

「え、で、でも」

萎縮するリリスの腕を引っ張り、メインストリートにある人外も入店可能なカフェへと向かう。これはどこの街でも同じことだが、人外の受け入れを拒否する店は生憎ながら結構ある。もし間違って入店すれば野次が飛び、嫌な思いをするのは必然だ。

「いらっしゃいませ」

店員さんにシュークリームを注文し、案内を受けた爬虫類族用の席へと向かう。

ラミア族は大型の人種なので、椅子が大きめに作られていた。これなら疲れを癒すことができるだろう。やがて、小皿に乗ったシュークリームが届く。

「わぁ……！」

リリスは、本当に食べていいのか悩んでいる様子だった。

そこで無理やりシュークリームを口元へ近づける。

あーん、って言うんだっけか、これ。

「はむ」

シュークリームを一口齧（かじ）ると、シャクリ、と心地よい音がする。先ほどまでの戸惑いが嘘のように表情が晴れやかになっていた。

「〜〜っ！」

美味しかったのだろう。尾を振って喜んでいる。

ほっぺたが落ちるとは、今のリリスみたいな状態を言うのかもしれない。

「ん……」

もう一度、口へ運んでやると、指に温かな感触が触れた。

もしかして、俺の指を舐めている？

「はぁむ……ん……ちゅぱ……」

「お、おいおい……」

俺の人差し指にはふわふわのカスタードクリームが付着していた。取るときに付いてしまったのだろう。しかし嫌がらず、じっくりと味わうように咥（くわ）えた。

熱い。彼女の中は粘膜に包まれていて、とても熱かった。ゆっくりと吸い付き、喉（のど）へと飲み込んでいく。甘い吐息を漏らしながら、美味しそうに味わっている。

まずい……流石にこれは、まずいって……。

「えへへ、初めて食べたけど、シュークリームって美味しいね！」

「そ、そうだな」

危うく、理性が暴走するところだった。

「あ……」

「どうかしたのか？」

突然、彼女の表情が強張った。

「な、なんでも、ないよっ！」

ブルブルと否定するが、何かを隠していることは明確だった。

しかも、徐々に泣きそうな顔になっている。

何かが変だ。

「先日のラミアは売り物になりませんでしたね」

「はっ！　要領が悪いからなあの蛇女は」

そんな声が、背後から聞こえてきた。リリスの視線を追ってみる。その先には、窓際の席で楽しそうに談話する商人風の男の姿があった。

「あ、うっ……」

リリスの瞳に涙が溜まっていた。なんだろう。どうしてこうなっ――。

『——わたし、生まれた時から奴隷商に飼われていたんだ。ラミアは希少種で値段が高いんだけど、ドジばっかりするわたしは売れ残っちゃって……。それでね、最近になって捨てられちゃったの』

「——ッ！」

なるほど、そういうことだったのか。どうりでリリスの様子がおかしくなるわけだ。

あのへらへら笑っている男が、奴隷商人なのだろう。

「でも、捨てなくてもよかったんじゃないですか？　兄貴の性欲の捌け口に……」

「馬鹿か。蛇女なんか気持ち悪くて抱けるかよ」

「それもそうですね」

この世界には様々な種族が共存している。価値観を分かり合うことは難しい。

でもな、

「リリス」

「な、なにかな……！」

ごしごしと涙を拭って、作り笑いを浮かべてきた。

「あいつがお前を捨てた商人なんだな」

「……！　な、なんのこと」

「ちょっと待ってろ」

「あ……」

リリスは何か言いたげだったが、構わず商人の元へと近づいた。

そう、これは大事なことだ。

「随分な口を聞いてくれるじゃないか、商人さんよ」

つい、そんな言葉を口にしていた。

「あぁん……？」

人外は人間に逆らうことが世間的に許されていない。

この世界が抱く、不条理な共存条件の一つ。

しかし、俺は人間だ。

「なんですか、貴方は？」

「食事中ですから、後にしてくれませんかね、小僧」

威嚇するように商人は立ち上がった。

「大丈夫さ、すぐに済むから――」

俺は驚くほど冷静だった。

商人の腕を捻り、体を床へと叩きつけ、足蹴りする。

「――てめえを半殺しにしたら終わるからよ！」

乱闘が始まった。

†×†

「すまん。捕まっちまった」

「……グラッドくん」

詰所(つめしょ)でたっぷり説教されて、帰り道。

あいつらは奴隷商人ということが判明し、騎士団長たちが捕まえていった。

「ほら、宿へ戻るぞ。そろそろ帰らないと、リヴたちが心配するからな」

「う、うん……」

リリスはそれ以上は何も喋らず、静かに隣を歩いていた。

宵闇に包まれる中、宿へと歩く。

「……あの、ね」

「どうした？」

「……ありがとう」

例の奴隷商人のことを言っているのだろう。リリスは俯きながら足を止めていた。彼女とは短い付き合いだが、何を考えているかくらいは察しがつく。

「気にすんな」

少し悩んでから、そう答えた。

リリスの境遇を考えるに、今まで奴隷商人に歩き回らされる時間をずっと過ごしてきた。常識も殆ど学ばず、人を疑うことも知らず、ただ純粋に他人を信じて、依存して一生懸命に生きてきた。それをあの商人は笑い、酒のつまみにしていた。

今のリリスがどれほど傷ついているのか、俺では完全に分かってはやれない。

でも、放っておくつもりもなかった。

「言ったよな。俺がリリスの家族になってやるって」

とても臭い台詞。リリスが勘違いして、リヴとテレサをも巻き込んだ疑惑の言葉。

あの言葉に偽りはない。

だって、彼女は普通の幸せを望んでいる。

美味しいものを食べて、喜んで、感動して。

そんな普通の生活を送りたいと願ってる。

それなら、誰かが導いてやる必要がある。

これ以上、他人に騙される無駄な時間を過ごさせない為にも。

「……う、ふぇえ……」

リリスが息を呑んだ。

俺の言葉の意味を、必死に考えているのかもしれない。

「だから――」

もう、リリスが傷つく必要はない。おかしいのは奴隷商人たちで、リリスは何も悪いことをしていないのだ。どんな境遇に堕ちても、ニコニコと笑っていられるリリスは俺なんかよりも断然すごい。

俺は、伝えないといけない。

「――だからさ、辛いことがあったらなんでも言ってくれ。俺がリリスを支えるから」

こっそり購入しておいたコサージュを手渡した。

「それ、やるよ。本当はお姉さんにあげるつもりだったんだが、リリスの方が似合いそうだしな」

言ってから、お姉さんのことは伏せておけばよかったと後悔。

肝心な時に俺は口下手になるな……。

「……もらっても……いいの……?」

リリスは驚いたように顔を上げていた。

返事の代わりに、コサージュをつけてやる。

「それじゃ、帰るぞ」

俺はリリスの頭を撫でてから、隣を歩く。

「……あ、うぅ……！」

「あー、もう夜中になるのか。リヴたちに叱られるな」

「……グラッド、くん」

「おっと、機嫌を取るのに甘いものでも買って――」

「グラッドくん！」

今まで聞かなかったリリスの強い声を聞いて、思わず振り向いた。

「……どうした？」

できるだけ、いつもの態度で問いかける。

リリスは、目に涙をいっぱいに溜めて、

「――わたし、グラッドくんと家族になれて幸せだよ――！」

そう頷いたのだった。

▼Side Story3.　お姉さんの背中

翌日――。

見わたすかぎり灰色の空であった。

今にも雨が降り出しそうな気配を感じるが、今日はやるべきことがある。

買い出しだ。

魔法都市へ向かうには、いささか水と食料が足りない。さらにリリスも加わったので、多めに用意する必要があった。しかし俺たちは馬を一頭しか持っていない。なので、大量の荷物を持ち運ぶことができない状況に置かれていた。

リヴたちと相談した結果、幌（ほろ）馬車を用意することにした。幌馬車なら雨風も凌げるし、食料なども保管しておくことができる。馬の体力が心配だが、こまめに休みながら進むしかないだろう。

さっそくお姉さんに相談すると、職人さんを紹介して頂けるとのこと。今はリヴたちと荷台を引き取りに向かっている。

俺はというと、別行動を取っている。

その理由だが——。

「すみません……。荷物、持ってもらっちゃって……」

「いや。俺こそ気晴らしになったよ」

俺は、狐少女と買い物をしていた。

「ずっと、街を歩きたかったんです……。今日は、わがままを聞いてくれて、ありがとうございました」

狐少女は笑っていた。

実はお姉さんから、狐少女と散歩をしてあげてほしい、と頭を下げられたのだ。というのも、やはりお姉さんと狐少女は姉妹だった。呪術が解けてからというもの、ずっと俺の話題が会話に上がっていたらしい。尻尾をぶんぶんと振って楽しそうに笑っていたそうで、商業都市を旅立つ前に楽しい思い出を与えてほしいとのことであった。

「ほらほら、遠慮せずにいってらっしゃい。馬車はあたしたちに任せなさいって」

親指を立てて背中を押してくれたリヴ。頭が上がらない。感謝しつつ、午前中だけ狐少女と街を見て回ることにした。

「今日は、本当に楽しかったです……。お兄ちゃん、ありがとう……！」

「はは、俺こそ楽しかったよ。こちらこそありがとな」

「ひう……」

照れくさそうに喜ぶ狐少女。

その後も他愛のない話をしながら歩いていたのだが、突然、雨雲が立ち込め、ざああと雨が降り出した。とんでもない勢いである。

「くしゅんっ……」

雨宿りをしたいところだが、狐少女はずぶ濡れであった。もともと病弱の傾向にあるらしく、このままだと風邪を引いてしまうかもしれない。

幸いにも、孤児院は目と鼻の先だ。急いで戻るとしよう。

「すまん、ちょっと抱えるぞ」

「あ……」

狐少女を横にして抱き上げ、前傾姿勢になりながら一気に駆け出した。歩いて帰るよりは濡れなくて済むだろう。

「あ、うぅ……」

「ん、どうした？　って顔が赤いな……熱でも出たか？」

「ち、違うの……これは、嬉しくて……か、軽々しく口にできないこと……」

ああ、そういうことか。流石の俺も狐少女に好かれている自覚はあったが、どうやら異性としても惹かれているようだ。

もちろん嬉しいさ。そりゃ俺だって男だし、可愛い女の子から好かれることに多少は上機嫌になるが、受け入れることはできない。

年齢の問題もあるが、何よりも俺は旅人だ。リヴのために生きると誓い、これからも旅を続けると決めている。

「お兄ちゃん……どうしたの……？」

狐少女の上目遣い。

ここではっきり断ることも優しさなのかもしれないが、俺には言えなかった。

そもそも、俺に気持ちが見透かされていることも気付いてないのだろう。

つまり、彼女は今の関係を望んでいる。

今までどおり、兄や妹としての関係を望んでいる。

それならあれだ。俺は気付かないフリをしてやればいい。

「いや、俺が作ったワンピース着てくれたんだなぁと思って」

「あ……」

狐少女が照れくさそうに表情を和らげる。

「似合ってるぞ」

「えへへ、ありがとう」

雨でワンピースの中身が透けているが、そこは触れないであげようか。

孤児院に着いたので狐少女を降ろし、他の子供たちが用意してくれたタオルで体を拭く。

下着まですっかり濡れていた。

「お兄ちゃん、風邪引いちゃうよ……？　わたし、すぐにお風呂から上がるから、入って行ったらどうかな……？」

「ん、風呂か。そうだな、借りてもいいか？」

「うん……！　着替えを持ってくるから、ちょっと待っててね」

とことこと走っていく狐少女。

すぐに神父様の服を持ってきてくれて、俺は服を着替えることにした。

さて、風呂の時間まで子供たちと遊んでやるとするか。

†×†

ほどなくして、狐少女が風呂から上がってきた。

しっとりと水気を含んだ髪。仄かに漂う石鹸（せっけん）の香り。

恥ずかしそうに上目遣いで見上げてくる狐少女は、普段よりも可愛らしかった。

「ゆっくり入ってね」

脱衣場へと案内を受けると、浴場は真っ白な蒸気に覆われていた。

想像していたより広く、湯船には一度に数人の子供が入れるような造りであった。

まずは体を洗い、汚れを落とす。それからゆっくりと湯船に浸かった。

――あぁ、気持ちいい。

生贄から始まった旅路は、砦を探索したり、盗賊と戦ったり、色々なことがあった。

明日からも旅が始まるが、今日くらいはゆったりとした時間を過ごしても罰は当たらないだろう。

外では雨が降り続けていた。音が心地よくて、まるで子守歌のようだ。

このまま寝てしまいそうになった俺はゆっくりと瞼（まぶた）を閉じて……その時だった。

――ガラリ。

脱衣場に誰かが侵入してきた。もしや狐少女だろうか。

ああ、そうか。先ほどまで俺が来ていた神父の服を別のものへ取り換えにきたのだろう。

そんなことをのんびりと考えて、天井を仰いでいたときだった。

浴室の扉を開ける音がした。

おいおい、まさか一緒に入るつもりか？

狐少女はまだ幼く、俺とはある程度の年齢差があるとはいえ、一緒に湯船に浸かることはいささか危ないというか……いや、絶対まずい。俺が良くても社会的にまずい。

考えている間にも、ちゃぷん、と湯船に足を踏み入れた。無防備すぎる。好意を抱いてくれるのは嬉しいが、ここはきつく注意するべきだな。

そう考えて、視線を向けると、

「あれ、グラッドさん……？」

両手で長い髪を後ろに梳きながら、お姉さんが入ってきた。

あ、え、なんで、お姉さんがここに？　リヴたちと荷台を買いにいったんじゃ？

こんなの絶対にありえない展開だよな？

混乱が脳裏を渦巻いた。

待て。待ってくれ。この状況はもしかして――。

「「…………」」

お互い、素っ裸で静止していた。

隠すものは何もなく、お互いに視線を合わせたまま動けない。

驚きや羞恥心もあるが、それ以上に思考が停止している。

落ち着け、ここは冷静になろう。よし、落ち着いた。

目の前にはお姉さんの白い肌が鮮やかに映っていた。

以前から綺麗だと思っていたが、直に見ると想像以上であった。

ぎゅっと引き締まったウェストと、圧倒的なボリュームを誇る双つの膨らみ。

まさに豊満な体つきが際立っている。俺にはあまりにも刺激が強すぎる光景だ。

お姉さんも同じだったようで、湯船に浸かった俺の様子を上から下までゆっくりと眺めていた。

「な、なな、え、えええええ⁉」

俺の姿を見て、我に返ったらしい。一気に頬を染め上げる。

慌てて両手を使って胸を隠し、湯船の中へ座り込んでしまう。

「グ、グ、グラッドさん……⁉　ど、どうして、お風呂に……⁉」

「いや、俺は狐少女に勧めてもらったんだが……」

お姉さんはパニックを起こしていた。

蒸気が吹き上がりそうなほど、あわあわとしてる。

前屈みになって、お姉さんは外に出たくても出れない状況になっていた。

「ご、ごめんな！　すぐに後ろを向くから！」

「あっ、私もですね……！」

急いで視線を逸らそうとしたときだった。お姉さんが背中を向けたとき、見てしまった。

お姉さんの丸まった背中に、大きな火傷の痕が刻まれていたのだ。昨日、今日についたような火傷じゃない。もっと昔に負ったものだ。

「え？」

「お姉さん、その火傷は……？」

「え、あ……」

お姉さんは呻きを漏らし、慌てて尻尾で背中を隠した。

「こ、これはその……気持ち悪い、ですよね……」

ふむ、触れてほしくないことのようだ。

そりゃそうだよな。男ならまだしも、彼女はまだ若い。あんなに大きな火傷の痕なんて、誰にも見られたくないに決まってる。ここは違う話題にするべきだな。

俺は壁を向き、お姉さんと背中越しに切り出した。

「あー、なんで風呂に入ってきたんだ？」

「えっと、休日のこの時間はいつもお風呂に入っているんです。リヴさんたちと荷台を購入しに向かったんですけど、予定よりも早く購入が終わったので戻ってきたんですよ。途中、雨で濡れてしまったので温まろうかと思ったのですが……その……」

先に俺が入っていた、ということか。そういや、お姉さんも妹の関係で、孤児院で暮らしているんだっけか

「あの、背中の火傷のことですけど……気になりますよね？」

「ん、まぁそうだな……。気にならないと言ったら嘘になるな」

無理に聞く気はないが、お姉さんは溜め込んだ何かを相談したいらしい。言いかけては、止めてを何度か繰り返している。俺は黙って聞くことにした。

「……私、二年ほど前まで冒険者をしていたんです」

お姉さんは吐き出していく。

「そのとき、小さな村の依頼を受けていたんですけど、そこへ竜が襲ってきたんです。今思えば小さな竜でしたが、村を焼き尽くすには十分な力を持っていました。私は村が焼かれるのを見ていることしかできなくて……。火の手が上がる村から逃げるとき、逃げ遅れた子供を見つけたんです。空から竜が迫っていて、今にも灼熱の吐息を吐き出そうとしていたところでした。このままじゃあの子は死んでしまう――そう考えたら、体が勝手に動いていたんです」

その時に負った火傷が、先ほどの背中ということか……。

「私も子供も無事でした。古井戸の中に飛び込んだおかげで、背中を焼くだけで済んだんです。すごく痛かったですし、苦しかったですけど、あの子が助かってよかったです。私、あの子を護れたんですよ？　この火傷は私の勲章です……」

お姉さんは誇らしく笑っている。でも、俺には虚勢にも聞こえた。

「私はすぐに冒険者を辞めました。冒険者になったときから死ぬ覚悟はできていたはずなのに、怖くなって戦えなくなったんです。戦うことから逃げたんです。それからは受付嬢として働くことにしました」

本当に勲章だと思っていたのなら、背中を見せることだって嫌がらない。

戦えなくなったのも、冒険者を辞めたのも、怖くなったからというよりは……。

自分が、許せなかったんじゃないだろうか。

村が焼かれていく様子を見守ることしかできなかったお姉さんが、自分自身を許せなかったんじゃないか？

だって、お姉さんの声には後悔が含まれている。

「……お姉さんのせいなのかな」

「グラッドさん？」

「……竜と一人で戦うなんて、英雄でもない限り無理に決まってる。騎士団でも討伐が成功するか分からないんだ。お姉さんが一人でどうにかできるものじゃない。仕方のないことだったんじゃないか?」

お姉さんが罪を背負う必要はない。悪いのは、竜に過ぎないのだから。

「……本音を言って構わないんだぞ?」

「えっ?」

「ここでなら本音を言って構わない。俺以外、誰も聞いてないし」

普段から冒険者たちに頼られ、子供たちにも頼られているお姉さん。

領主や騎士団長とも親交があるようだし、気が休まる暇がないのだろう。

「グラッドさん……」

お湯に水滴のポトリ、ポトリと落ちる音が響く。

俺は言葉を待った。しばらくして。

「………守れなかったことが、辛いんです」

それはとても小さくて、弱々しい響きだった。

「私が強ければ、村を焼かれることはありませんでした……っ。その前だってそうです！目の前で両親の命が奪われるのを、ただ見ていることしかできなかったんですっ！」

感情が爆発し、激化していく。

「それなら、強くなればいいさ」

「簡単なことじゃないんですっ！　英雄になれるような力なんて――」

「そうじゃない。心を強くしろってことだ」

「……え？」

「俺もさ、本当は弱いんだ。ある人に助けてもらって、力を貸してもらっているから盗賊を倒すことができた」

本当の俺は、剣技を使うことしかできない傭兵だ。

学もなく、力もなく、ただ日々を生きているだけだった人間だ。

でも、俺は変わろうと誓ったんだ。

あの日、リヴに助けてもらったおかげで、変わろうと決意したんだ。

「お姉さんが迷っているのなら、俺が手伝うよ。だって、お姉さんは泣いているじゃないか。過去を悔やんでいるのなら、それを乗り越えられるように支えてやりたいんだ。……頼むよ、一人で抱え込まないでくれ……」

ようやく、想いを伝えられた。

「悪い、ちょっとだけ振り返るぞ」

「あっ――」

彼女は周囲に頼れる人がいなかった。

ならばせめて、俺が受け皿になってやりたい。

「リザレクション」

俺だって、ただ過ごしてきたわけじゃない。

大罪神剣が無くても、自力で魔法くらいは使えるようになった。

お姉さんの傷が癒されていく。

「よし、これで大丈夫。背中、見てみるといい」

「え？　あっ、え？」

俺が背中を向けると、お姉さんはすぐに脱衣場へと移動した。

「嘘、ですよね……火傷の痕が、消えて、ますっ……！」

すすり泣くような声が聞こえてくる。

「グ、グラッドさん！　ありがとうございます！」

すると、お姉さんは湯船に飛び込んで、俺の身体を反転させて、

「ちょ、ちょっと待った、お姉さん！」

正面から抱きつかれてしまった。思わず声を漏らしてしまう。

ぎゅっと体を密着させているので、柔らかくて、重みすら感じるほどの胸が押し潰れているのが伝わってくる。このままだとやばい。

「お、俺も裸だからやめてくれって！」

「グラッドさん！　グラッドさん！　私、嬉しくてっ！」

お姉さんのしなやかな手が、俺の首に巻き付いた。

そのまま俺は首を動かすと、お姉さんの顔が目の前にあって……。

「グラッドさん……」

唇が、近づいて……！


「ねえ、何をしているのかしら？」


すべてを凍てつかせる悪魔の声が聞こえてきた。

ハッと振り返ると、こめかみに青筋を走らせたリヴが立っている。

どうして孤児院に……？

「あ、リヴさんたちも、私と一緒に孤児院に来たんです」

その後は大変だった。

浮気されたあああ、と、泣き叫ぶリヴ。

拗ねて頬を膨らませるテレサ。

意味が分かってない笑顔のリリス。

ショックのあまりに寝込む狐少女。

そしてお姉さんと俺は騒ぎを聞きつけた神父様に説教を受けた。

「子供たちの目もあるのです。やるのなら……外でやりなさい」

外でもよくねえよ。

ま、まぁお姉さんが立ち直ってくれたから、結果的にこれで良かったのかな？

「聞いているんですか？」

「す、すみません……」

いや、やっぱりよくないか。

気付けば雨は止み、どこまでも晴天が広がっていた。

†×†

翌日の朝。

俺たちは商業都市の門で、冒険者たちや騎士団、孤児院の子供たちに見送られて、幌馬車に乗り込んだ。

「もう行くのですかな？　寂しくなりますな。子供たちも懐いておるし、ずっとこの街で暮らしてほしいと思っていたところですぞ」

騎士団長はそう言って笑った。

「グラッド兄ちゃん、たまには帰ってきてね」

子供たちも唇を尖らせている。

大体挨拶は終わったのだが、お姉さんは最後まで姿を見せなかった。

まぁ、昨日あんな騒動があったばかりだし、顔を合わせにくいのかもしれない。

お姉さんに力を貸すって約束したけど、それはファルギウスの調査が終わってからになりそうだ。

「うし、全員揃ってるか？」

残念だが仕方ない。挨拶ぐらいはしたかったけど。

「はいです！」

「いるわよ」

「はーい！」

リヴも、テレサも、リリスも、すでに馬車へ乗り込んでいた。

最後に、もう一度だけ狐少女を見た。その身体には、俺が作ってあげたワンピースを着ていた。泣かないように頑張っている。目に溜まった涙をこぼさないように見開いて、唇を結んで、小さな肩をふるふると震わせて、必死に我慢している。

「大丈夫だ、また会える」

頭を撫でると、表情を歪めた。

今にも泣いてしまいそうな顔で、俺を見上げてくる。

「……」

疑っているようだった。

「それじゃ、指切りでもするか？」

と、笑いかける。

まじないに過ぎないが、狐少女は小指を出してきたので、俺も小指を重ねる。

「嘘吐いたら針千本だな」

もう一度、頭をゆっくりと撫でた。

「君は生きられる。困ったことがあればいつでも呼べばいい。俺も、みんなだって助けてくれることを忘れるんじゃないぞ」

「……」

狐少女は喋らない。ただ、涙が溢れていく。手にぎゅっと力がこもった。

「それじゃ、元気でな」

少女の肩を軽く叩いてから、御者台に乗り込んだ。

隣にはリヴが乗り、手綱を握り、馬車が走り出したとたん、狐少女が叫んだ。

「お兄ちゃん！」

振り返ると、ぽろぽろと涙を風にまき散らしながら、精一杯に走る狐少女。

何度も転んで、小さな体にかすり傷を作って。

「お兄ちゃんー！　お兄ちゃんー！」

最後の最後まで、泣かない姿を見せてくれた。

リヴが止まろうとしたが、俺はそのまま進むように指示を出す。

今止まったら、狐少女の涙を見ることになる。

彼女の努力を無駄にしないためには、このまま進むしかなかった。

「ありがとう！　お兄ちゃん！」

沢山の出会いがあった。出会いが孤独を忘れさせてくれた。

子供たちにはどうか、立派な大人に成長してほしい。

信頼できる友達を作って、困ったときは助けてもらい、絆を育て、心から愛する人を見つけて――そうやって、大人になっていくのだから。

「グラッド……」

「大丈夫だ、心配かけて悪いな」

きっと、会える。必ずまた会える。だから……！

「行ってくる！　またな！」

明日を迎えるために、俺たちは今日を全力で生きていく――。

ラミア『リリス』

▼Unique Abilities（固有能力）

・人外ランク：中級位、メデューサの末裔（まつえい）

・存在レベル：1

・他、無し

▼Interval2.　お姉さんと狐少女

同日、グラッドたちが立ち去った夜。

商業都市の孤児院の浴室で、お姉さんは狐少女とお風呂に入っていた。

「お姉ちゃん、行かなくて良かったの？」

「いいんです。私が行ったら甘えちゃいますから」

お姉さんは嘘を吐いていた。本当はグラッドと一緒に旅をしたかったのだ。しかし、唯一の肉親である妹の狐少女を残して旅立つことができなかった。

お姉さんが幼い頃から冒険者として働いてきたのは、すべて妹のためであった。

妹の呪術を解呪するお金を貯めるために。

妹が学校へいくためのお金を貯めるために、その身を粉にしてまで働いてきた。

「嘘だよ」

そんな姉を見て、狐少女は強く言った。

「本当は行きたかったはずだよ。お姉ちゃん、お兄ちゃんに言われたんだよね？　本音を言ってくれって。たぶん、お兄ちゃんは、こう言いたかったんだと思うかな……」

狐少女は、姉の背中を叩いた。

「やりたいことをやるのも大切だって」

お姉さんは押し黙った。何も言えなかった。

「行ってきて。わたしじゃお兄ちゃんの力になれないから。わたしの分まで、グラッドお兄ちゃんを助けてあげて！」

「で、でも、せっかく体調が良くなったのに、お金がないと学校へ――」

「大丈夫。さっきね、荷物が届いたの」

「荷物ですか？」

「うん。宝石の詰まった荷物。中には匿名の手紙が入ってたんだ。『孤児院のみんなに美味しいものを食べさせてやってください』、って……そんなことする人って、限られてるよね」

その手紙を送ったのは、紛れもなくグラッドであった。

教会の修繕費や子供たちの養育費として使ってほしいと願い、騎士団長に頼み手渡してもらったのである。

「グラッド、さん……っ！」

お姉さんはすぐに察した。涙で湯面に波紋が幾重にも広がった。想いが強く募っていく。

「お姉ちゃん、本当に追いかけてなくていいの？　わたしなら大丈夫だよ。ずっと、ここで帰りを待ってるから」

結局のところ、お姉さんよりも狐少女の方がしっかりしていたのである。

姉が一度決めたら考えを曲げないことを誰よりも熟知しており、どうすれば本音を聞き出せるかもわかっていた。

「……このまま、お礼をしないわけにはいきませんよね」

お姉さんは決意する。

「私、もう一度だけ冒険者に戻ってみます」

その胸に生まれた微かな灯(ともしび)が、恋だとはまだ気付かず――。

翌日、お姉さんも魔法都市へと旅立った。

▼Side Story4.　リヴの実力

商業都市から、魔法都市ゼラムへ繋がる深淵の道――。

過去の戦争で切り開かれた土地を、馬車で突っ切っていく。

その道中、リリスとテレサに最低限の身の守り方を教えることにした。

リヴが手頃な魔物を探しにいく中、俺は冷静に二人の特徴を思い返す。

「どうやって戦えばいいの～？」

リリスは逃げ足こそ早いが、戦闘経験は皆無。咄嗟（とっさ）の判断力も鈍い。

「はぅ、簡単な魔法しか使えないですよぅ……」

テレサはスライム種で、魔物の中では一番弱い種族と断言してもいい。

「わくわくするね～！」

「ご主人さまに褒（ほ）めて頂けるように、精一杯がんばりますっ！」

二人とも、やる気に満ち溢れていた。

この調子なら、すぐ戦えるようになるかもしれない。

「お待たせしたわね！」

「おう、おかえり」

「ちゃんと魔物を見つけてきたわよ」

リヴは自信満々に胸を張り、鼻息を吹いた。俺たちに見せつけるように、木々の奥を指さす。どんな魔物を連れてきたのか、非常に楽しみだ。

「さあ、この子を倒すのよ！」

そう言って、森の奥から飛び出してきたのは――。

鑑定を発動させる。

▼ケルベロス
・種族：神獣
・状態：発情期
・性癖：年下好き（飢えている）
・レベル：34

ふざけんな。

「待て、リリスたちを殺すつもりかよ」

「そんなつもりないわよ？　ケルベロスは見た目ほど危険な魔物じゃないもの」

俺の記憶では危険度Ａ級だった気がするのだが……？

ちなみに、テレサとリリスの危険度を表示するのなら、最低値のＦである。

そんな二人がケルベロスに戦いを挑めばどうなるか、容易く想像がついてしまう。

「仕方ないわね。あたしがお手本を見せ上げるから、騙されたと思って特訓するのよ？」

「本当に大丈夫なんですか？」

「もちろんよ、あたしを誰だと思ってるのかしら？」

躊躇(ためら)いもなく、リヴは断言する。

まあ、彼女は大魔法を操る悪魔だ。ケルベロス如きに敗北するとは考えられない。

「行くわよ、しっかりと勇士を目に刻みなさいっ！」

まったく、すっかり先輩風を吹かせやがって……。

俺たちの視線を浴びたリヴは、両手から魔力を迸(ほとばし)らせながらケルベロスへ立ち向かった。

――それから、十秒後。

「殺されるううぅぅ！　グラッドォ、助けてええええええ！」

ずたぼろになったリヴが全力で森を走り回り、逃走を図っていた。

「リヴさん、落ち着いてください！　今、助けに向かいます！」

「わあああああん！　集中できなくて魔法が唱えられないわよぅ！」

そうだよな。リヴの得意分野は魔法だ。魔法って詠唱が必要だから、その隙を狙われたら手も足もでないよな。

発動さえできれば間違いなく最強なのだが……それ以外の能力は、貧弱なものである。

「このっ！　このっ！」

本人は本気で殴っているつもりなのだろうが、軌道がへろへろ。手応えのない拳がケルベロスに降り注ぐ。

「ガァァオオオオッ！」

「いやあああああああっ！」

リヴの意外な弱点を思い知らされた。

「グラッド！　見てないで助けてよぅ――――ひぃっ!?」

ケルベロスの牙と、長い爪から繰り出される一撃は地面を浅く削り、唾液は土をも溶かしている。

「ふぎゅっ!?」

あ、吹き飛ばされた。大木に頭をぶつけて、痛そうに涙を浮かべている。

「やだぁ！　まだ結婚だってしてないのに死にたくないっ！」

「ごご、ご主人さま！」

そうだ、観察している場合じゃなかった。

「グルル……！」

やばい、食べられる！

「────ぴちゃぴちゃ」

ん？　あれ？

「あはは、くすぐったい！　あれ、もしかして敵意が無かったの？」

急にリヴの顔を舐め出したな。

「え、背中に乗せてくれるの？　グラッドー！　この子は人懐っこいみたい！」

あまりに突然の変化であった。不自然すぎる。

ふと、先ほどの鑑定結果を思い出す。

▼ケルベロス
・性癖　：　年下好き（飢えている）

「……なぁ、リヴ」

「なぁに?」

リヴは無邪気な女の子だ。

ケルベロスにとっては、カモがネギを背負っている、状態である。

「そいつな、リヴを、別の意味で食べるつもりじゃないか?」

「え?　まさかそんなこと」

「グルアっ!」

「いやああああああああああ!」

あっ、リヴが背中に乗ったから全速力で逃げ出した——なんて、冷静に考えている場合じゃねえ!　急いで助けないと!

「助けてえええ!　このままじゃ死ぬよりも辛い辱め(はずかし)を受ける気がするううううッ!」

リヴの声が遠ざかっていく。

「ご主人さま、どうしてすぐにお助けしなかったですか?」

「あんな魔物を連れてきた罰だよ」

「な、なるほど!」

「リヴちゃんって、感覚が少しズレてるよね」

まったくだな。

†×†

「うぅっ、ぐずん……えぐっ、あぐっ……獣、イヌゥ……怖い、うぅ……」

悲惨な顔で泣きじゃくるリヴを背負いながら、馬車へと引き返す。

リヴの髪は唾液塗(まみ)れ。少しだけおでこにかじられた痕跡が残っている。

哀愁が漂っていた。しかも獣臭い。唾液塗れのせいだろうが、すぐにでも離れたい。だが、ここで逃げ出したらリヴはもっと傷ついてしまう。我慢しよう。

「うぅ……もう、お嫁に行けない……」

リヴの奴、全然泣き止む気配がないな。

「結局、あたしは足手まといだったわね……」

「そ、そんなことないですよ！　今回はたまたま敵が悪かっただけです！」

「そうだよ～！　リヴちゃん頑張ってたよ！」

「そうだな、頑張ってると思うぞ」

「……お世辞でもありがと。ちょっと嬉しいわ」

今のは本心だ。

リヴは子供っぽい所もある。甘いものを好み、辛いものや苦いものは全然食べられない。夜中はひとりでトイレに行くのも怖がっているし、真っ暗な場所や目に見えない幽霊が大の苦手。

そんな女の子なのに、俺を助けてくれた。いつも俺を心配してくれて、いつでも傍にいてくれた。誰よりも優しい子だ。俺なんかよりも立派である。

もし俺たち以外にリヴを笑う奴がいるなら、俺が殴ってやるさ。

「……むぅ、失礼なこと考えてるでしょ」

「考えてないっての」

「嘘っ。絶対子供っぽいって思ってるぅー！」

こういう鋭いところはアレだが。ま、泣き止んでくれて何よりか。

「……このままじゃ、あたしの威厳が無くなるわ！」

冒険者協会も後少しという所で突然、リヴは背中から飛び降りて立ち止まった。

「やっぱり一体くらいは魔物を討伐しないと、格好いい姿を見せられないわね！」

何を思い立ったのか、再び来た道を引き返していく。

魔物を倒すつもりのようだ。

「あっ、おい！　勝手に行くなって！」

振り返ると、視線の先に立つゴブリンと視線が交わった。

「あたしが子供の姿だからって馬鹿にしないでよ！　これでも悪魔の血が流れているんだからぁ！　喰らいなさい！　風の十二方――」

リヴが詠唱した瞬間、横から目にも止まらぬ速さでゴブリンたちが襲いかかった。

「え、ちょ、はぅんっ!?」

突き飛ばされ、痛そうに腰をさするリヴ。

「ウヘヘッ……」

その周囲を取り囲むゴブリン。

▼ゴブリン
・状態　：　発情期
・性癖　：　誰でもいい

「いやあああああああ！」

気付いたら、俺たちはリヴを守るために戦っていた。

十分後、色々な意味で大変なことになりそうだったリヴは真っ白になり、ゴブリンを自分の力で倒したテレサたちは自信をつけていた。

今日、分かったことがある。

リヴからは目を離してはいけない。そう思った。

†×†

さて、当分はこの四人で旅を続けることになると思うのだが、彼女たちの能力はどのくらいなんだろうか？

盗み見したいわけじゃないが、鑑定スキルで調べてみるのも面白そうだ。

▼テレサ（処女）
・種族　：　スライム
・年齢　：　10歳
・レベル　：　3
・グラッドへの好感度　：　358（100を基準とする）

「ぶっ⁉」

「ほえ？」

見ちゃいけないものを見た気がする。

なんとなく予想はしていたが、俺ってテレサに好かれていたんだな。

いや、でもこの結果は合っているんだろうか？

気になるな。試してみよう。

「テレサ」

「はいです！」

「俺のこと好きか？」

「はわぁっ⁉　な、な、なんのことですか～！」

盛大に目線が泳いでいる。

あうあう、と口を動かしていた。

肯定で間違いない。

「いや、冗談だ。変なことを聞いて悪かったな」

「い、いえ！　ご主人さまの頼みですから！」

なんとか場を取り繕い、今度はリリスに鑑定スキルを使ってみた。

▼リリス（処女）
・種族　：ラミア
・年齢　：15歳
・職業　：アホの娘
・知能　：2
・レベル：1
・騙された回数　：1013
・グラッドへの好感度　：327

鑑定は正直すぎる……。これは酷い……。

知能指数にも驚きだが、騙された回数が桁違いである。

決して褒められたことではないが、騙された回数だけなら世界中を探しても一番かもしれない。

あれ、涙が出てきた、どうしてだろうか。

どうにかしてリリスを自立できるようにしてやらないと、将来が不安すぎる。

本物のかばやきになる前に、彼女に教育をすることにしよう。

「グラッドくん、わたしを見たまま泣いているけど、どうしたんだろ？」

「娘を憐れむ父親みたいな目をしているわね」

「ご主人さまはお優しいですからね！」

心配する彼女たちを他所に、今度はリヴに鑑定スキルを使用する。

▼リヴ（処女）
・種族　：　悪魔
・職業　：　嫉妬の大罪
・性格　：　最近、グラッドが他の女性と仲良くしていてもやもや中。
・胸囲　：　絶望壁
・レベル　：　２３４
・グラッドへの好感度　：　１４５３

とんでもない好感度だな⁉

たしかに俺の顔を見ると頬を赤らめたり、照れくさそうに視線を外したりしているので、そんな予感はしていたんだが……。

「いつも心配かけて悪いな」

「急にどうしたの？」

「リヴのこともちゃんと見てるから……大事な人だから」

「ふへっ!?」

▼リヴ

・グラッドへの好感度　：　１５０１

お、また上がってる。

しかし、みんなして好感度が高いな。

俺は三人を順番に見た。

可愛いし、魅力的なところもあるのだが……。

「ねねっ、魔法都市についたらパフェを食べてみてもいいかしら！」

「パフェってどんな食べ物ですか？」

「ふわふわのクリームが柔らかくて、すっごく甘いデザートだよー！　わたしはコカトリスのレバーが食べてみたいなぁ」

……色気の欠片もない食べ物の会話ばかりしているのが欠点なんだよなぁ。

「せめて、もっと胸があれば……」

「「むっ!!」」

俺の呟きを聴いて、リヴとテレサがぐいぐいと迫って抗議していた。

リリスだけは意味がわからないようで首を傾げていたが、俺は彼女たちを宥めながら気付けば笑っていた。

Story5.　魔法都市ゼラム

――魔法都市ゼラム。

この大陸でもっとも魔法が栄えた都市。

漆喰(しっくい)塗りの建物が整然と並び、広い道幅は馬車も悠々とすれ違える。

三つの門を繋ぐメインストリートは都市の中央で交差しており、広場ができていた。

魔法都市には大陸中の秀才が集う魔法学園が存在し、数多くの英雄を生み出してきたとされている。その名残りが、都市の至る場所に置かれている魔石灯だろう。

夕方になれば自動的に点灯し、周囲を明るく照らしてくれるランプのようなものらしい。

唯一にして最大的に違うのは、油を必要としないこと。とても経済的である。

「平和な街ね」

途中の郊外では、人外たちが農作業をしていた。決して奴隷として働いているわけではなく、雇い主である人間から仕事をもらって働いているようだ。

まずは宿を探そう。

随分と急いだつもりだが、すでに西日は沈みかけていた。完全に日没となるには、あと一時間もかからないはずだ。

しばらくして、人外可の宿をようやく見つけた。馬車を荷台ごと預ける。

リヴが俺の手を引っ張り、手早く受付を済まそうとする。が、リリスが反対側の腕を引っ張り、テレサも真似してきたので一向に進まない。

「くすくす、仲がよろしいですね」

宿屋の従業員さんに笑われてしまった。恥ずかしい。

ここは値段が張るのだが、個室に風呂がついている。しかも石鹸や入浴剤も用意してくれるそうだ。ベッドもふかふかである。唯一気になったのは四人相部屋となったことか。

「ご主人さまぁ！　これあげますっ！」

テレサの手には、ちゃっかりクッキーが握られている。露店で購入したものだろうか？

せっかくなので、ありがたく頂くことにした。サクサクだ。甘い。カカオの深い味わいと、砂糖の甘さがこれでもかってほど口いっぱいに広がり、美味かった。

「みなさんの分もありますっ！」

「わぁ、ありがとう～！」

「なんだか悪いわね」

テレサのこういった気遣いは、非常に良い空気を生んでくれる。流石である。

ただし、

「このクッキー、木の葉の形に作られてるんだね！」

「こっちは星型になってるわよ」

リヴとリリスがはしゃいでいるので、ちょっとばかり恥ずかしい。

尚、テレサは彼女たちの様子を楽しそうにニコニコと眺めていた。

その後、間食をしすぎたリヴとリリスは夕飯を食べられず、テレサと二人で食事をすることになった。食べ過ぎには要注意だな。

†×†

翌朝、来訪者が現れた。

「グラッドさんはこちらですか？」

「あれ、お姉さん？」

俺は思わず、ぽかんと口を開けてしまった。

目の前にいるのは口にした通り、お姉さんだった。

もしかして、商業都市からわざわざ会いに来てくれたのか？

「どうして、ここに？」

「追いかけてきたんです」

「……俺に会うために？」

「は、はい」

少したどたどしい口調で、お姉さんは言った。

「グラッドさんにも、皆さんにも商業都市で大変お世話になりましたから。今度は、私がお手伝いできたらと思っています」

胸がいっぱいだった。

「でも、孤児院はいいのか？」

「はい。ギルドマスターも、神父様も、快く背中を押してくれました」

なぜだか俺には、お姉さんが多くの人に引き留められた所を無理やり出発してきたような気がした。髪型が少し乱れているせいだな、うん。

「——ファルギウスについての情報、調べてきましたよ」

お姉さんは荷物から魔法都市の地図を取り出した。

殆ど調べる時間が無かったはずなのに、ぎっしりと赤い文字で埋め尽くされている。

まさか、昨夜の内に調べてくれたのか。

「ファルギウスは用心深い男で、郊外の屋敷にこもったまま殆ど姿を見せないそうです」

「ねね、その情報はどこで手に入れたの？」

「奴隷商と闇市を中心に聞き込みを行いました」

お姉さんの言葉は間違っていなかった。地形探査スキルと敵探知スキルを組み合わせると、郊外の屋敷に赤い光が灯っている。きっと、ここのことを言っているのだろう。

「定期的に魔石と魔物を購入していたそうです。ここ半年ほどは購入数も増えて、お得意様となっているようですよ」

「へえ、よくそこまで調べられたわね」

「ええ。多少、揉めましたが」

魔石と魔物の購入か。この二つから導き出される答えは……。

「生贄の儀式……か？」

「可能性が高いわね」

何を呼び出そうとしているかは不明だが、このまま見過ごすこともできない。

ファルギウスほどの男が儀式を行うとすれば、かなりの存在だと捉えた方がいいだろう。

「午後には郊外を探してみよう」

話は決まった。

「私もご一緒しますので、よろしくお願いします」

「お姉さんも行くの？　受付嬢だと危険じゃない？」

「私、こう見えても昔は冒険者だったんですよ」

そういやリヴたちは知らなかったな。

たしかに刀とか弓が似合いそうな雰囲気を醸し出している。

気品のある顔をしているもんなぁ。

▼お姉さん（処女）
・種族　：　狐人
・年齢　：　17歳
・職業　：　冒険者（戦闘狂）
・武器　：　モーニングスター（鎖付きフレイル型の棘鉄球（とげてっきゅう））
・レベル　：　21
・グラッドへの好感　：　455

お姉さんは強かった。鉄球を振り回すほどに。

「どうかなされたんですか？」

「……いえ、なんでもありません」

明るめのブラウンロングの髪に、淑女的なメイド風の服を着る彼女。

そのお姉さんがまさかの怪力だったことに若干の衝撃を受けつつ、準備を始めた。

†×†

正午の鐘が鳴り響く。

非常に賑やかな大通りを抜け、貧民区の更に奥——郊外を目指す。

貧民街では、住居を持たない人外の姿も目立った。彼らも仕事を請け負っているのだが、それだけで暮らせるわけじゃない。恐らくだが、野宿をしているのだろう。

「そこのお兄さん、よかったら寄っていかない？　サービスしてあげるわよ？」

「ん？　うおっ」

貧民区を歩いていると、ウサギ耳の女性が声をかけてきた。

ほぼ下着の状態で、最低限の部分しか隠れていない。

胸がでかいな……。

「こらー、誘惑されてるんじゃないのっ！　その子は娼婦よ！」

「グラッドさんは、こういうお店に興味があるんですか？」

お姉さんが言う。

「いや、興味というか、目を奪われたというか」

正直に答えられない質問だな。

「もし興味があるなら、私、がんばりますね」

「ちょっと待て、どうしてそういう話になった」

「心を込めてご奉仕させて頂きます」

「違う、そういう話をしているんじゃない」

たしかにお姉さんは整った容姿をしていて、絶世の美女と呼んでも過言ではない。

「……俺はそういう目的で仲間を見ないようにしているんだ。一緒に戦っているときに、女を感じたら困るだろうし」

ごめんなさい、嘘です。めちゃくちゃ意識しています。

リリスの胸に、しょっちゅう目を奪われています。

でも、こう告げておけば諦めてくれるだろう。……だよな？

「――流石はグラッドさんです。おっしゃることが違います」

あれ？

「ますます尊敬しちゃいました」

お姉さんの目は、まるで神様を崇拝する教徒のような目だ。

どうして、そんなに蕩（とろ）けた目を向けてくるんだろう。

「私の命に代えてもグラッドさんを守ってみせます！」

「はは……ほどほどにな」

それから、貧民区を抜けて少し歩く。と、

「グラッド」

リヴが言った。

「ああ、わかってる」

俺は、神剣へと変化したリヴを引き抜いた。

貧民街に入ってすぐ、後を付けられていたのだ。時折、屋根を登るような足音が聞こえてくる。囲まれているな。こんな芸当ができるとしたら、猫人に違いない。

「――止まってもらうよ」

貧民区と郊外の中間――廃屋が立ち並ぶエリアで、白猫の少年が立ち塞がった。

「こちらの流した情報に、まんまと乗せられたね」

「随分なご挨拶だな。俺たちはまだ何も言ってないが」

俺の挑発に乗りはしなかった。変わりに、今まで隠れていた猫人が次々に姿を見せる。

その手には、鈍い輝きを放つナイフが握られていた。

「リリス、テレサ」

「「はい！」」

「さっき買ってやったクロスボウの使い方は覚えてるな」

「もちろんです！」

「う、うん！ 引き金を引けばいいんだよね……」

「上等だ。迷わずに撃て」

リヴは魔法を詠唱し、お姉さんも笑顔で棘鉄球を振り回し、遠心力をつける。

それを合図にするかのように、白猫と声が重なった。

「「避けろっ！」」

リヴの紡いだ雷属魔法と、猫人が射る矢が同時に放たれる。

青白い閃光と共に、戦闘が始まった。

白猫が走っている。それはもう、とんでもない速度であった。

屋根の上へと飛び跳ねて、身体を捩り雷属魔法を避け、躊躇なく、両手の短剣で俺を狙いにくる。

この一角は別名『貧困者の墓場(スラム・マーケット)』。

もともとは貧困者たちの溜まり場だったらしいが、今では荒くれ者たちが支配し、貧困者たちの僅かな身包みを剥(は)がし、完全な無法地帯になっているそうだ。

助けを求めようが手を差し伸べてくれる者はおらず、ただ力だけが全てを決める地区で、白猫は全力で駆け抜けている。

猫人の身体能力の高さを相まって、動体視力で追いつくのは俺でも難しい。

すぐさま加速を発動させた。

「悪いが、それじゃ俺は倒せねえ」

「――ッ！」

神剣で切り払うと、再び屋根の上に身を翻(ひるがえ)した白猫は驚愕の表情を見せた。

狭い屋根で姿勢を屈め、堀の上を渡ろうとしたのに、人間である俺が先回りしたからだ。

白猫は蒼い瞳で真っ直ぐに睨み、ひたすら尾を振り続ける。

地味な格好であった。大きなフードを目深にかぶり、青白のパーカーに身を包んでいる。

短パンなのは少しでも動きやすくするためだろうが、その細い足が目立つ。

「そこだっ！」

神剣を振り、短剣と衝突する。衝撃で火花が散り、風圧で周囲の建物が吹き飛んだ。

白猫は何度も地面を転がるが、すぐに立ち上がる。

「ダグザに勝つだけのことはあるね」

驚きの目をしていた。すさまじい速度で駆け抜けていく。

そして、跳躍する。

「でも、負けない！」

チャンスとばかりに、風を宿した短剣の一撃で迫る。

「いいや、俺の勝ちだよ」

「――っ！」

白猫が振り返る。

「グラッドくん！」

近づくのは鈍色の矢。

「そこね！」

リリスが目を瞑(つむ)って撃ったボルトに気を取られた白猫に、リヴの雷撃が直撃する。

白猫の体を感電させ、表情を歪めた白猫は落下。全身を廃屋にぶつける。

「あ、れ……」

周囲を見て、ようやく気付いたらしい。

僅か五分にも満たない交戦は、俺たちの勝ちだということに。

猫人は、一人残らず気絶していた。

「しばらく意識を取り戻さないでしょうね」

「う、そ……」

白猫が体を力ませる。

しかし、リヴがその小さな体を取り巻く様に、淡い燐光を浮かび上がらせる。

白猫の左肩には、強制主従関係を結ばされた証の、奴隷刻印が刻まれていた。

「やっぱりね。見えないように加工されてたけど、貴方の魔力は不自然に歪んでいたの。きっと、〝ご主人〟に無理やり契約させられたのね」

「……ッ！」

図星のようであった。

「貴方、本当は戦いたくないんでしょう？」

白猫は何も言わなかった。

「あー、まぁ、そういう事情なら命を奪う必要はないな——リヴ、頼む」

「ふふん、任せて！」

「……？」

リヴが治癒魔法をかけると、少年の怪我が癒されていく。

「……なんで、ボクを助けてくれるの？　君たちを襲った敵だよ」

目を、ぱちくりとさせる。

治癒魔法の燐光が、白猫の身体をぐるぐると回って、消えていく。

「無理やり戦わされていたなら、敵も味方も関係ないだろう？」

白猫は、絞り出すように肩を震わせていた。

「術者を倒しましょう」

「待ってろよ。すぐに契約を解いてやるから」

もう、白猫には戦う意思が見られなかった。

「あ、あああっ……」

白猫は、呻くように涙をぽろぽろと流した。頬を伝い、地面へ染み込んでいく。

頭を一度上げた時に、フードがずり落ちた。

肩の下にまで流れ落ちる、透き通った、白雲の髪。

女の子だったのか。どうしてそんな格好を……なんて無粋か。

力がすべてを決める貧民区で、年頃の少女が暮らしていたらどうなるか、容易く想像がつく。身を守るために少年のフリをしていたのだろう。

「ごめ、んね」

白猫は申し訳なさそうに言った。

「気にすんな。お前、名前は？」

「シュシュ……」

「そうか、シュシュか。良い名前だ。俺はグラッドっていうんだ」

少しだけ笑って、尋ねた。

「ファルギウスに命令された、と考えていいんだよな」

「……ん」

肯定はしないが、首を縦に振ってくれた。

どうやら、主人の名前を口にすることが許されていないようだ。

「どうして、ファルギウスの奴隷にさせられたんだ？」

「……弟の、ために……」

「弟がいるのか」

「うん……重い病を患っていて、治癒院にかかるにはお金が必要で……そしたら、ご主人が無償で治療してくれるって約束してくれて……でも……嘘だった……！」

白猫は、歯を噛みしめた。

「無理やり、隷属契約を結ばされて……ちゃんと働いたら、治療してやるって脅されて……逃げたら、弟も殺すって言われて……そ、それで……」

白猫は取り乱し、そのまま拳で何度も固い地面を殴った。

悔しさに涙を流して、目を真っ赤に腫らして、嗚咽が、こぼれ落ちた。

酷く、憂鬱と怒りと悲しみの混じった顔をして、少女が泣いた。

――風が吹き抜ける。

かさかさと、捨てられた紙屑が固められた道を転がっていく。

どこか遠くで、獣の遠吠えが聞こえた。

驚くほど自然に、俺は白猫を抱きしめていた。

「安心しろ」

「ふ、え……」

唾液をごくりと飲み干した。一瞬にして、感情が高鳴っていく。

「弟は、俺が責任もって……助けてやるッ！」

白猫は、何を言われたのか理解できてない様子で、顔を上げた。

「……ほんと、に？」

白猫の涙で滲んだ瞳を袖で拭いながら、顔を見る。

彼女は何も悪くない。彼女には、手を差し伸べてくれる人がいなかっただけだ。

『――そこのあなた。生きているわよね？』

俺には、リヴがいた。

あの言葉が、どれだけ俺を救ってくれたことか。

たった一言でもあれば状況が変わったかもしれない。

でも、彼女には助けてくれる人がいなかった。

だったら――今度は、俺がリヴになろう。

あの時に受けた優しさで、俺がこの子を救ってみせる。

「俺は嘘を吐かないんだ。一度くらい、信じてみないか？」

そこまで言って、白猫の表情が和らいだ気がする。

「うっ、ああ、うわあああん……えぐっ……ぐすっ……」

白猫は俺に抱きついて、思いっきり泣いた。痛いほど泣いた。大きな滴が目元から溢れた。感情の勢いはすぐに弱まり、叫び声は途絶え、嗚咽に変わっていく。

しばらく泣いたあと、ようやく口を開いた。

「グラッド」

「なんだ？」

「グラッド、グラッド」

「なんだっての」

「グラッド、グラ、ッド、グラッ……ド……」

「まったく、あんまり連呼するなって」

白猫の髪をくしゃくしゃとかき、タオルで涙を拭いてやった。

「あとは一人で大丈夫か？」

白猫にポーションを手渡した。

猫人たちは少女の仲間だろうが、彼ら全員を助けているほどの時間もない。

「うん……あのね、グラッド」

「ん？」

しばし沈黙したあとで。

「……お願い……ボクたちを、助けて……！」

どくん、と、心臓が跳ねた。

白猫の涙を見て、不愉快な感情が渦巻いた。

「任せておけ」

――禁忌の英雄、呪術騎士ファルギウス。

英雄が住民を利用し、命を粗末に扱い、心を平気で踏みつける。

何人も、何人だって苦しめておきながら、自らの犯した罪に向き合わない。

不愉快だった。

「これがお前のやり方なのか、ファルギウス……ッ！」

「グラッド……」

それなら、俺が罰を与えてやろう。

必ず、この手で――。

妖狐『お姉さん』
▼Unique Abilities（固有能力）
・人外ランク：上位
・存在レベル：21
・怪力：鍛えた努力の結果、重い物を持ち運べるようになった
・妖狐神化：妖狐族、本来の姿へ戻ることが可能

Story6.　禁忌の英雄

郊外。幾何学上に区画整理された都市部から離れたエリア。

身体の調子が狂いそうな高濃度の魔力が充満した場所――。

ファルギウスの屋敷。

「気持ち悪い魔力ね……。この霧って、すべて魔力で作られているわよ」

霧で真っ白に染まった根城。

魔力の溢れだす屋敷の、その一角をリヴが指さしてみせる。

――聖王都が誇る元十二神徒の一柱、禁忌の呪術騎士ファルギウスが待つ場所。

「あれ？　リリスさん大丈夫ですか？　震えてますけど」

「お屋敷に近づいていくと、肌がぶるぶるって寒くて……」

緊張、だろうか。無理もない。なにしろ、相手は生きた英雄なのだから。かつての戦争で竜の大群を相手に勝ち残ったほどの実力者。

「待ってください。様子がおかしいです」

不意に、強い口調でもってお姉さんが告げた。

「様子？」

屋敷の中庭はそれなりの広さがあるのだが、その一角に大勢の人だかりができていた。

「ご主人さま、テレサが確認してきます！」

「あっ――――！」

俺の返事を待たず、テレサが中庭へと侵入した。

スライム化して、人の隙間をうねうねと突っ切り、状況を確かめに向かったようだ。

「怒らないであげてね。あの娘、グラッドの役に立ちたいのよ」

「もちろん分かってるさ。俺はただ、無理してほしくないだけなんだ」

数分待っていると、ひょっこりとテレサが戻ってきた。

「大変です、ご主人さまっ！」

慌てて、中庭の彼方(かなた)を指さして、

「――奴隷の公開処刑です！　人間の娘たちが、縛り上げられています！」

沈黙。

……処刑？　奴隷の公開処刑だって？

冷静を保っていた心に、怒りの熱が込み上げる。

「あの野郎、何考えてんだッ！」

「待って、あたしもいくわっ！」

俺は地を蹴った。加速を発動させ、魔力で増幅された集中力が、視界に映る景色の色彩を取り去った。中庭まで百歩の距離だが、今の俺ならば三歩でお釣りがくる。鋭い踏み込みにより、地面に浅い穴が開いた。構うものか。

もう、誰にも泣いてほしくない。

自分のように情に流される人間は、生きにくい世界だと思う。しかしそれでも、今助けなければ今後永久に自分を恨み続ける。情に流され、自己満足に浸る愚かな役者は、他の誰にも務まらない。

分かっているのだ。分かっているからこそ、動かずにはいられなかった。

あのとき、竜の生贄にされたとき。

絶望していた俺を助けてくれた少女（リヴ）が、情に流されやすい悪魔だったのだから。

気まぐれな空を仰ぎ、跳躍した。

タイミングを見計らうために、屋根の上から状況を観察する。

「――聞け、人に虐（しいた）げられし神の使徒たちよ！」

中庭には祭壇が建てられており、その上に仮面をつけた男が立っている。

「今宵、神が降臨される！　希望が世界を照らしつけるであろう！」

仮面の男は白銀の長髪をなびかせながら、祭壇に集まる信者たちに告げていた。

右手には、双子の蛇が巻き付いた片手剣を握っている。

「我ら人外は穢れた存在と罵られ、人間に不当に貶められていた。迫害を受けた者も星の数ほどいよう。しかし、それも今宵で終わりとなるのだ！」

「「「そうだ！　自由をこの手に！　救いをこの手に！」」」

とてつもない殺気が、孕まれていた。

信者たちは全員、人外であった。白猫の前例にもあるように、生活に困窮した者に手を差し伸べて、目的のために協力させているのだろう。

「神竜の慈悲によって、我らは人と対等以上の存在になる。さあ、使徒たちよ。新たな世界を創り上げようではないか！」

ん、神竜……？

「グラッド、今の聞こえたわよね？」

俺の背中にしがみついていたリヴが尋ねた。

「ああ、聞こえたよ。どういう意味なんだ？」

すぐに返事はなかった。

「この世の地獄よ」

俺は聞いた。

生まれて初めて、この世界の始まりを。

「この星には数億年にも渡る、数多の歴史が存在しているわ。断罪戦争の話をしたと思うけど、それよりはるか昔——五千年前、絶対的な地位を巡って繰り広げられた神魔(しんま)大戦で、暴虐(ぼうぎゃく)の限りを尽くした一匹の竜がいたとされているの」

もちろん、それが事実なのかはあたしも知らないわ。と、付け足した。

「そいつの名は、神竜インヴィンジブル。最古にして最強の竜王。歴史が事実だとしたら、あたしたち大罪神剣が全員で挑んだとしても敵わない最悪の相手ね。正真正銘、破壊の化身よ。インヴィンジブル一匹のおかげで、世界の殆どが焼き尽くされたと記録されているほどだから」

「でも、ファルギウスが復活させようとしているってことは、最終的に封印されたのか？」

「その通りよ。天使、悪魔、人間、人外が協力して、多くの犠牲と引き換えに魂を封印することに成功したのよ。そしてね、性質(たち)の悪いことに過去にも神竜降臨の儀を目論むものがいたってわけ。儀式には大量の魔力が必要で、それこそ何万人単位の命が必要になるわ。普通だったら用意できないでしょうけど……、ファルギウスは過去にある村の住民を、何かの生贄にしたことがあるのよね？　それがもしかしたら練習だったとしたら？」

冷たい汗が、つぅ、っと流れた。

仮面の男は狐少女にも呪術をかけていた。

暗い檻の中で、魔法の実験体にされたという。

なぜ、そんなことをしたのか？

嫌な予感が脳裏を過る。

別の答えを導きだそうとしても、一本に繋がっていく。

「――これぞ、神の奇跡なり！」

「おぉ、我らが紋章が輝いた！　神が喜んでおられる！」

「神よ、我らに慈悲をお与えください！」

詳しい事情も説明せず、信者すらも騙して。

その紋章の輝きが、生贄の証とも知らずに。

「「祝福をこの手に！　救いをこの手に！」」

またひとり、さらに一人。次々と欲望が渦巻く。

ファルギウスが過去に人類を救ったことがあるのは事実だ。

だからこそ、英雄と呼ばれている。だが、

「……この程度の器なんだな」

苦笑が漏れる。

「グラッド、準備はいいかしら」

「ああ」

再び神剣化したリヴを構えた。

俺は一歩進み、屋根から重力に身を任せて落下した。

虚空を滑るような動きで、風が弾ける。間合いが詰まる。

「待っていたぞ、契約者」

「――――ッ!?」

刃が、ファルギウスの右腹部に食い込んだ。

そのまま水平に、左腹部を音も無く食い破る。

だが、倒れない。

「驚くことはない。貴様が大罪神剣の契約者ということは、推測がついていた」

肉体を霧状に再生させながら、ファルギウスは言った。

ヴァンパイア族は不老不死だ。心臓を貫いたとしても、簡単には倒れない。

「契約者が無傷でここにいるということは、シュシュは敗北したか。いや、裏切ったとみるべきか？　くく、あやつは反抗的な目をしていたからな。勝てるとは期待していなかったがな」

シュシュが待ち伏せしていたときから感じていたが、ファルギウスは俺たちが来訪することを予見していたようだ。

「さて契約者よ。その程度の実力で、我に立ち向かうつもりか？」

「グラッドっ！」

ファルギウスの肉体が霧となって消えていく。

直後、背後から殺気。翻し、剣戟を放つ。

「くく、契約者の魔力を最後の生贄に捧げれば、すぐにでも神竜を復活させることができようぞ」

ファルギウスは両手に剣を握り、対峙した。

「へえ、その口調だとあたしを知っているみたいね。英雄ファルギウス……！」

「ああ、ずっと探していたぞ。大罪神剣リヴァイアサン……！　禁書に記されていた史実には、貴様が契約者に無限の力を与えると記されていた。半信半疑であったが、そこの貧相な男と一戦交えて確信したよ。史実は本当であったとな」

ファルギウスはニヤリと笑う。

「貴様の力を真に使いこなせるのは英雄たる私ではないかな。私と契約すれば、その程度の力ではなく、全ての大罪神剣を統べる存在にすることもできように。さあ、共に来い。我と契約を結ぶのだっ！」

「絶対に嫌よっ！　あなたみたいな人と契約を結ぶくらいなら、潔く死を選ぶわ！」

「そうか。では、契約者を殺すまでだ」

剣を掲げた。

「使徒たちよ、我らが神聖なる儀式を邪魔する愚か者が現れた。愚か者達を新たな生贄に捧げるのだ！　さすれば神の希望が与えられん！」

「「「　おおおッ！　」」」

先ほどまで呆然と見ていた信者たちの奴隷刻印が輝く。

直後、先ほどとは様子が打って変わり、殺意を孕んだ瞳で俺たちを取り囲んだ。

「長年呪術を通して狂気を埋め込み、洗脳していたのね……。ここまで悪化したら、私でも助けられないわよ……」

下手をすれば、狐少女やシュシュも、こうなっていたのだろうか。

許せなかった。

「悪いな……。俺がお前たちを覚えていてやる……。だからさ……」

ここで立ち止まるわけには行かないんだ。

人外として迫害されてきた口惜しさも、無念も、俺が背負ってやる。

だから、だからさ――！

「せめて、安らかに眠ってくれ……！」

「ぐうっ⁉」

神剣を振り、襲ってきた信者たちを薙ぎ払った。
▶Skill：『崇拝』を修得しました。
「グラッド！」
リヴが叫ぶと同時に、俺は地を蹴った。対し、ファルギウスもまた霧状に転移する。
だが、遅い。リヴの魔法が放たれる。
『――堕落せす神の下僕（しもべ）、誇り高き王アズガルドよ。
我が魔力に宿りし破壊の根源を、今ここに解き放て』
灼熱の爆轟。
火属極限魔法――エクスプロージョン。

神剣から発生した破壊の爆風が砂礫を巻き上げ、拡散する衝撃波と化して駆け抜けた。

眩しいほどに輝く超高熱の魔法が飛び交い――。

「それがどうした」

ファルギウスに触れる直前で消滅した。

結界――高位の魔術師が扱う呪詛の壁だ。あらゆる魔法を即座に分解しつくす。

こうしている間にも信者たちが襲ってくる……はずだが、悲鳴は聞こえているのに誰も近寄らなかった。理由はすぐにわかった。

「グラッドくん、こっちは任せて！」

「ご主人さまの邪魔はさせません！」

「ふたりとも、絶対に私から離れないでくださいね」

お姉さんたちが、背後から信者たちに奇襲を仕掛けていた。

テレサとリリスのクロスボウが、交互にボルトを射出して的確に信者の数を減らしていく。二人に近づいた信者たちは、お姉さんが鉄球で片づけていた。

「……まったく、仲間に恵まれたよな」

刹那――俺は豪快に神剣を振り払い、剣技が咲き乱れた。
▶Skill：『成長分配』を修得しました。

「そこですっ！」

「ぐうっ⁉」

近くではお姉さんが戦っている。棘付きの鉄球が、信者五人をまとめて吹き飛ばした。

「ふふ、皆さんどうしたんですか？　そんなに怯えて……」

にこにこと、返り血を浴びた顔で首を傾げているお姉さん。とても猟奇的だ。

「ほう、まだ活きのいいエサがいたのか」

結界の光によって身を守りながら。

凝縮させた魔力を、清々しいほどに暴走させる。

「まぁいい、儀式を始めるとしよう」

「逃がさねえよ」

――神剣が光輝くと同時、紅蓮の炎に包まれる。

「遠慮するなよリヴ、俺に構わず呪術騎士を滅ぼせっ！」

「ええ、わかったわ！」

「っ⁉　貴様、いつのまに背後にッッ！」

吐息が届くほどの至近距離で、神剣に凝縮した灼熱の一閃が突如として膨れ上がる。

一瞬、世界が赤く埋め尽くされた。

天を衝く大爆炎が、俺とファルギウスを包み込んだ。

「ご主人さまっ⁉」

テレサの絶叫が聞こえて――。

「グラッドさん！」

お姉さんが、俺にしがみついた。

「大丈夫。大罪神剣（リヴ）の恩恵で、炎を打ち消すことができるから」

「え？　恩恵って……」

ようやく爆風が収まると、ファルギウスが笑っていた。

「貴様にこの世の絶望の一部分を教えてやろう――呪儀転移！」

足元に刻まれる魔法円。

そこから黒い光が迸り、泥沼のようになって……。

「グラッドくん！　リヴちゃん！　お姉さん！」

俺たちは、魔法円に飲み込まれた。

†×†

「どこですか、ここ……」

飲み込まれた先は、内臓のような部屋だった。

俺が生贄に捧げられた竜の胃袋にも似ている。

唯一違うのはドクン、ドクンと一定のリズムで鼓動する壁があることだ。そこへ複雑な象形文字が刻まれており、ただの部屋とは到底思えない。

「こんな心躍る戦いは久しぶりだ、契約者」

俺たちから離れた場所にファルギウスが待っていた。興奮気味に口角を上げ、ふわりと風を巻き起こす。

直後、ピキリ、と、ガラスが破砕するような音が響いた。

遮断物は何もないはずなのに、断続的に聞こえてくる不快な音が耳を揺さぶる。

「ねえ、なにあれ……」

リヴの声が震えていた。

赤黒い粘液に包まれた壁の一部から、魔物が生み出される。

「……なんだ、これ」

「禁忌と呪術を追い求めた成果だよ。名を、キマイラと呼ぶ」

生まれたのは異形の魔物。

獅子、鷲、狼と三つの首を持つ巨躯の怪物。

背中には二対の翼を生やし、唾液をこぼしながら光の宿らない目で俺たちを睨んでいる。

「この子、魂がないわ……。死肉だけを、操っているのね……」

そういうことか。ようやくファルギウスの正体がわかった。

「死霊使い（ネクロマンサー）か……」

「ほう、察したか」

死者の魂を束縛し、不死の兵士として戦わせる禁忌の魔法。

それらを操るもののたちのことを、死霊使いと呼ぶ。

「あなた、何者なの？　死霊使いは三百年前（あたしの時代）には絶滅していたはずよ」

「究極を追い求めるために、禁忌も正義もあるまい。命あるものは必ず、他人を犠牲にして生きている。同じことではないか？」

淡々と語るファルギウスの口調は、自らが絶対に正しいという姿勢であった。

いや、己の正当性を曲げないという表れか。

それこそが、ファルギウスをここまで強くした。

「なあ、ファルギウス」

俺には、確かめなければいけないことがある。

「お前、五年前に狐の女の子を攫わなかったか？」

「えっ……？」

お姉さんが、短く声を上げる。

ファルギウスは考える素振りすら見せず、

「五年前……ああ、長い研鑽の中でも恥ずる汚点となる研究があったな。その時の実験材料が狐であったわ。あれだけ呪術を使ったというのに、下級悪魔すら憑依させられない駄作だった。そいつのことか？」

「貴方——っ！」

「落ち着け」

お姉さんの尻尾が逆立ち、今にも飛び出しそうな勢いだった。

俺は腕で制止し、神剣をキマイラへと差し向けた。

「ん、駄作の知り合いか？　そういえば以前にも、身の程をわきまえず我の前に立ち塞がり、哀れに焼かれていった駄作以下のゴミがいたな。娘たちを守ろうとしていたみたいだが、くく、今の貴様によく似ていたぞ」

「っ！　貴方が、私たちから幸せを奪ったんですか！」

お姉さんを逆上させるには十分な言葉だった。

「あの娘は最近まで外に出ることもできなかったんですよ！」

鉄球を振りかざしたお姉さんが、蹴り抜く。

「許しません！　貴方には罪を償ってもらいます……ッ！」

「下等な実験台が私を裁くとたわごとを言うか」

あの雨降りの日、浴場でお姉さんは語っていた。

『目の前で両親の命が奪われるのを、ただ見ていることしかできなかったんです』

お姉さんはずっと過去を悔やんでいた。

その経緯の発端が、今まさに目の前にいる。

「ちょっと、まずいわよっ！」

「お姉さん！　止まってくれ！」

俺たちの声は届かない。

「やはり駄作以下のゴミだな。我に向かってくるその傲慢。実力も、自分の価値も分からないからゴミだと言っている事が分からないか」

「っ!?」

「消えるがいい」

ファルギウスは双剣を掲げ、魔法円を展開。虚空に複雑な象形羅列を刻む。

魔法が煌く。光が視界を埋め尽くす。

ファルギウスが口元を歪める。

「――バアル・テンペスト――」

雷属極限魔法。

ファルギウスが放つ魔法は耳障りな、ジュウゥゥ、という音を迸らせた。

遥か頭上から俺たちに向けられる、雷地獄。

逃げられない。このままだと、お姉さんが殺される。

脳裏をかすめる最悪の未来。

両親を奪われ、妹を傷つけられたお姉さんの最後。

彼女には、未来を生きてほしい――。

刹那、何かが弾けた。

「させるかよっ！」

俺は加速スキルを発動させて、跳躍した。

降り注ぐ雷撃の雨がお姉さんへ直撃する寸前、俺はお姉さんの腕を引っ張り、強引に背後へ追いやる。

直後、雷撃の渦が襲いかかった。

「あっ――」

「死に急ぐな。必ず、仇は取らせてやるから」

微かな声に応え、俺が握りしめていた神剣が光り輝いた。

「あたしたちは――」

大罪神剣、固有能力『魔法否定』。

リヴの想いに応えることで真価を発揮する、完全魔法遮断の障壁。

「俺たちは、立ち止まらないって決めたんだよ！」

襲来する雷撃の渦が、真っ二つに割れていく。

「なあ、ファルギウス」

俺は振り返り、一閃する。

「この程度の魔法でいいのか？」

瞬間、雷撃の渦がすべて弾け飛んだ。

「はっ……？」

間抜けな声を漏らすファルギウス。

お前もそういう顔をするんだな。少しだけスゥーっとした。

「ウオォオオオンッ！」

俺が走り抜けるのと、キマイラが襲ってくるのは同時だった。

集中する。視界が切り替わる。

身を投げ出すようにキマイラへ踏み込み、刃で十字に切った。

その一撃で前足を削ぎ落としたが、キマイラは咆哮(ほうこう)を上げ、剝き出しの牙を向けてくる。

神剣で切り返し、勢いを殺さずに足元を蹴り抜く。

軸足とは反対の足で首を一つへし折り、残る二つの首を断ち切った。

「貴様っ……！」

神剣(リヴ)を握りしめたまま、猛追——ファルギウスへ立ち向かう。

「俺にも譲れないものがある。仲間を守りたいって想いだけは、何があっても絶対に譲らないっ！」

「あたしたちも世界に裏切られたわ。でもね、あなたとは徹底的に違うのっ！」

世界に裏切られた少女と、生贄に捧げられた俺の物語。

ここからが、本当の始まりだ。

「お前はここで終わらせるっ！」

リヴの魔力を宿らせた一撃で、ファルギウスを穿つ。

双剣で受け止められたが、空中で旋回して回し蹴りを放つ。

顔面へまともに喰らい、勢いを抑えきれずに壁まで吹き飛んだ。

「おのれ、調子に乗るなよ、契約者……ッ！」

ファルギウスが双剣を掲げる。

轟ッ！　空間に亀裂が走り、視界を埋め尽くす大規模術式が展開された。

そこから稲妻を放つ巨大な槍が突き進んでくる。

「ブリューナクよ、貫け！」

迫る神雷の奔流。

それが――神剣を掲げただけで、消滅していく。

「一度だけではなく、二度までもだとっ!?　……これが、大罪神剣の力だというのか」

「いいえ、違うわね」

俺の手に握られている嫉妬の大罪神剣。

彼女は言った。

「グラッドがあたしを信じてくれるように、あたしもグラッドを信じてる。だからね、お互いの力を限界まで引き出すことができるのよ」

それが、リヴの答えだった。

「――っ!?」

驚く英雄。その一瞬の虚をついて、俺は地を蹴りつけた。

ファルギウスの生み出した魔法円から、いくつもの雷撃が降り注ぐ。しかし、それらはすべて、光となって消えていった。

「はあっ！」

双剣の片方を弾き飛ばし、袈裟斬りにする。

「そこです！」

俺に気を取られたファルギウスめがけ、一気に距離を詰めたお姉さんが鉄球を飛ばした。

さらに、残りの一本の剣を叩き落とした。

「お願いしますっ！」

その言葉で、神剣が赤く輝いた。

「私は大罪を司る悪魔」

神剣が鼓動するかのように、輝きを増す。

「あなたの罪は万死に値するわ」

放たれる赤光（しゃっこう）。

それは、すべてを焼き尽くす業火となって、一瞬にして燃え上がる。

「真の罰を与えましょうか」

神剣から、炎の巨獣が現れた。

何千、何万にもおよぶ超高熱の魔獣。

リヴの魔力がすべて熱に転化されたのか。

ゆっくりとファルギウスを貪り、焼き尽くす。

「くっ……がぁ……！」

触れた瞬間、火柱が上がった。

……これは極限魔法なんて比じゃない。

……これこそが、大罪の悪魔が操る極限を越えた魔法。

まさに常識を超えた存在だった。

「お前の狂った思想に、他人を巻き込むんじゃねぇよ」

尊いもの。忌むべきもの。それらを混ぜ、多くの罪の無い人々の命を奪った罪。

ここで晴らす。

「お姉さん、一緒に頼む！」

「はいっ！」

神剣を二人で握った。

一人で勝てる相手じゃないとしても……。

「貴方は妹から自由を奪った！　亡き両親の無念をここに、晴らさせて頂きます！」

灼熱の風に髪をなびかせて、跳躍する。

血を吐き出すほどの叫びを上げ、煌く炎の神剣を振りかざす。

その猛る炎はリヴが魔力を放出したのか、自力で生み出したのかは定かではない。

しかし、ファルギウスを仕留めるには十分だった。

全力で振り放ったその先で、

「ありッ……えん……」

ファルギウスは、心臓を貫かれた。

それは、俺たちの勝利を意味していた。

「グラッドさん！」

「お姉さん？」

「…………………ありがとう、ございます」

ふらふらと俺に近づいて、縋るように抱きつき、その胸を押しあてた。

「父も、母も、これで浮かばれます……」

家族のために全力で戦ったお姉さん。その姿を見て、俺は無言で抱きしめた。

「頑張ったな」

無言でうなずくお姉さん。

そんな俺たちの間で、人化して一人つまらなそうにしているリヴがいた。

「あたし、完全に空気よね……」

「もちろん、リヴさんにも感謝しています……」

「ふふ、よかったわね。これでやっと自分のために生きられるわよ？」

「……はいっ」

涙交じりの声で、お姉さんが元気よく返事をした。

あとは急いでテレサたちと合流して、脱出するだけだが——。

そのときだった。

『——我が魂の束縛と引き換えに、
　現れよ　絶望の化身よ——』

俺たちの背後から聞こえたのは、ファルギウスの詠唱だった。

「まさか、契約の儀を唱えたの……？」

壁全体から瘴気が放たれる。

いたる場所に刻まれた幾何学的な模様が、血のように真っ赤に染まり、脈動する。

「な、なんですかこれ……」

「どうやら、神竜を召喚するつもりのようね」

「自分の命を触媒に使ったのか……」

「ええ、急いでここから逃げるわよっ！」

「わかった！」

部屋の隅には極小の光——魔法円が刻まれていた。

そこへ踏み込むだけで視界が暗転し、一瞬の闇がすべてを支配する。

身体が溶けるような不思議な感覚を通じ、気付いたら屋敷の屋上に立っていた。

「こ、これは……」

お姉さんが、都市を見下ろした。

区画整理された都市全域に魔力が走り、一つの魔法円が描かれていく。

あちこちから瘴気が噴出し、触れた住民たちは崩れ落ちる。

その中に、見つけてしまった。

「テレサ、リリス！」

周りを囲んでいる信者たちと共に、中庭で倒れている。すぐに駆け付けようとしたが、リヴが引き止めた。

「待ちなさい！　今、向かってもできることはないわよっ！」

「――――ッ！」

リヴの瞳は本気だった。

直後、何か巨大な影に覆われた。

「なんですか、あれ……」

割れる空。

昏睡状態の人々の肉体から、音を立てて魂が抜かれ虚空に吸い込まれていく。

そして、生まれる閃光。

膨大な光の眩しさに、視界が真っ白に埋め尽くされた。

「復活したようね……」

巨大な翼を持ち、竜族を凌駕する世界の支配者。

竜なのに、俺の知る竜種とは遥かに違う巨体。

無数の魔力を溢れさせる白銀の輝きに目を奪われた。

巨大きい。

単純なサイズで比較するなら、普通の竜の数倍はある。

対峙しただけで分かる破壊の権威。
抵抗すらも無駄と悟らせる圧倒的な存在感。
「生贄よ……我が血と肉となりて……」
あれが神竜インヴィンジブル。
かつて、世界を恐怖に陥れた竜の王。
「滅びよ……」
神竜が羽ばたく。
ただその一挙動だけで、翼から生じた風と魔力が融合し、暴風を引き起こす。
ただ飛翔しただけで、魔法都市が抉り削られた。
脅威以外の感情を抱くことが許されない。
俺もまともに声が出なかったのは事実であった。
……どうすれば、あいつを止められる？
……どうすれば、この強大な敵を倒せる？
この様子だと、魔法都市の騎士団は壊滅している。いや、大勢の命が奪われている。
テレサも、リリスも、魂を神竜に吸収されてしまった。
現状、戦えるのは俺、リヴ、お姉さんの三人しかいない。

何よりも重要となる、神竜への決め手が見つからな――。

「あっ……」

脳裏を過ったのは、リヴと契約したときの光景だった。

……ある。

……あいつを倒す方法が、まだ残っている。

「リヴ」

「大丈夫。あたしもそれしかないと思っているわ」

神竜は進軍する。

復讐（ふくしゅう）のために、魔法都市を滅ぼそうとしている。

こんな絶望的な状況でも、神竜を倒せる可能性が一つだけ残っていた。

「お姉さん、ここで待っててくれるか？」

「……何をなされるつもりですか？」

お姉さんが心配そうに問いかけてくる。

「魔法都市を守れる可能性がある」

どんなに絶望的でも、俺とリヴは諦めなかった。

「世界の理（ことわり）に反する方法だけどね」

片手を、高々と天へ掲げる。

「思い返せば、これが俺たちの出会いだったな」

「ふふ、そうよね。一緒に旅をしてて楽しかったわよ」

リヴと出会ってから半月、本当に楽しかった。

俺はリヴに笑いかけてから、詠唱する。


『――いずれかの黄泉に賜りし、死言を結びて奉る。

御身に与えし破壊の力、再び我に賜らん。

我を蝕むは純粋なる心、後顧の憂いを絶たんがために。

懺悔せよ。後悔せよ。

この世に生まれたことを嘆け。

常闇祓い、罪を受けとめよ――』


俺たちを中心に、空間が歪む。

表情のない化け物が生まれた。

「これが俺たちの――全てだ！」

魔竜召喚。

まだ終わらない。終わってたまるものか。

今こそ反撃に出る。

†×†

「……よし、これなら神竜と戦える」

魔竜——三百年もの間、大罪神剣を守り続けた大いなる存在。

神々しさすらも実感させる金色の瞳に、魔力を放出させる蒼みかかった黒鱗。

二対四翼を羽ばたかせ、力強く大空へ飛んでいく。

すべては世界の敵——神竜インヴィンジブルを倒すために。

その背に乗り込んだ俺たちは、肌で風を感じながら神竜へと接近した。

やがて召喚した魔竜が、インヴィンジブルの首へ噛みついた。

「バカな……。人間が竜を操るだと……！」

インヴィンジブルが鮮血を散らせる。

確かな手応えを感じた。

「これが現実だ、神竜」

「あたしたちがいたことが、運の尽きだったわね」

再び神剣化したリヴを握る。

跳躍し、刃を振りかぶる。

「お前は……眠ってろッ！」

雄叫びを上げ、渾身の力で斬りつける。

「ぐぅっ⁉　人間よ、なぜ我を恐れぬのだ！　我は悠久の時を越え復活した混沌竜なり！　安穏とした時代に生を受けただけの貴様らとは存在意義が違うのだぞ！　なぜ歯向かい続ける？　何処からそのような意思が込み上がるというのだ？」

インヴィンジブルは魔竜を振り払い、重々しい口調で言った。

射竦める眼光。

沈黙を許さないインヴィンジブルの言葉を受け止め、俺は応えた。

「俺はお前より凄いやつを知っているからな」

断言できる。

「……なに？」

神剣を水平に構え、俺はゆっくりと目を閉じた。

「お前は自分以外の存在を見下しているようだが、俺の知っているやつは他人を見下さない。人間に迫害されて、三百年も孤独を味わうことになったのに恨んですらいないんだ。悔しがってはいたけどな」

「グラッド、それって……」

息を吸い、そして吐き出す。

少女と旅した日々を思い起こしながら。

「五千年前、お前は破壊の化身として恐れられたらしいな。そりゃ凄いと思うぜ。でもな、この時代では最強じゃないと言いきれる。自分の弱さも他人の強さも受け入れられない、そんな奴に負ける理由がないからな！」

強者とは力関係だけじゃない。

過去、現在、未来にいたるまで、世界の命運を託すに足る者が真の強者なのだ。

人類は強者を恐れてしまった。

だから、リヴは神剣に封印されてしまった。

「太古の栄光に縋る神竜が、現代の人間に勝てると思うんじゃねえ！」

たとえリヴの力がなかったとしても、インヴィンジブルには負けられない。

一人の人間として勝利する。

それを誓って、神剣を振りかぶる。

「来いよインヴィンジブル。お前が破壊の化身を騙ろうと、俺はその境地を越えていく！」

神剣の切っ先が巨大な風の刃を生み出し、インヴィンジブルの左腕を切り落とした。

「驕(おご)るでない、人間風情がっ！」

掠っただけで致命傷になるであろう爪の一撃が、俺へと迫る。

「させないわよ！」

リヴの結界が、爪を砕く。

予想外の衝撃を受け、インヴィンジブルは体勢を崩した。

「グラッド、あんまり無茶しないでよ！　あたしが心配するんだからね！」

「わかってる！　それよりインヴィンジブルを倒せ！　今なら俺たちだけで倒せる！」

指示を出しながら、全開で攻撃を叩き込む。

「もちろんよっ！」

いち早く状況を理解したリヴが、唱えた。

「貴方の居場所はこの時代にないのよっ！　エクスプロージョン！」

地獄の業火を呼び寄せる極限魔法は、凄まじいの一言だった。

竜の肌に隙間なく生えている鱗。

その頭から尻尾にかけて、全ての鱗を燃やし尽くし、絶叫を上げる。

「貴……様らッ……！」

僅かな隙が生まれた。

インヴィンジブルが纏う「鎧」はすべて破壊した。

俺たちの攻撃は確実に通じている。

「お願い……、グラッドッ！」

全神経を集中させ、最大限の速度で飛び込んだ。

「はぁああああああッ！」

俺にしては珍しく、勇ましい叫びだったと思う。

肩が捻じれるほどの低姿勢で神剣を振りかざす。

頼む。届いてくれ。

「劫火一閃ッ‼」

祈るように振り落とした神剣の一撃が、インヴィンジブルの額を打ち貫いた。

「————ッ！」

地平線の彼方にまで迸る、赤き閃光。

絶対的な強敵であるはずのインヴィンジブル。

その肉体が、ゆっくりと焼き尽くされていくのを目の当たりにして。

「驚いた……」

インヴィンジブルは囁いた。

「お前たちのような、常識外れの存在が生まれているとはな……くく、くははは！」

豪快に笑い、そして弾けた。
▶Skill：『竜言語』を修得しました。
宙を落下しながら。

「あたしには言われたくないだろうけど、神竜(あなた)は過去の存在なのよ」

神剣を鞘に納め、黒の障壁が渦を巻きながら散っていく。

「だからこそ、前に進むあたしたちが勝った」

燦々(さんさん)と輝きを放つ魔力が、一瞬にして魔法都市を包み込んだ。

すると、昏睡していた人々が目を覚ましていた。

無事に魂が戻ったようだ、よかった……。

「グラッドッ！」

「リヴ……うおッ!?」

魔竜の背中に着地。勝利の余韻に浸っていると、神剣(リヴ)が再び人化した。

胸に飛び込んだので、慌てて抱きとめる。

「よかった……。これで、終わったのね……」

「ああ、力を貸してくれたおかげだよ。……ありがとうな」

「ううん。グラッドがあたしを信頼してくれるのがすっごく伝わって、あの……！」

何かを訴えるようなリヴのまなざしに、俺は笑顔で返した。

「グラッドさん、リヴさん、お疲れ様です」

大地に降り立つと、お姉さんが顔を覗(のぞ)かせた。

「お姉さんもありがとうな」

「いいえ、魔法都市を守ったのはお二人の力です。本当にお疲れ様です」

お姉さんも微笑んでいた。

でも、すぐに拗ねた表情を浮かべる。

「いつまで抱き合っているんですか？　私とも喜びを分かち合ってほしいです……」

「今は駄目ー」

「むぅ……」

寂しそうなお姉さんと、独占したいリヴ。両者の視線が交わり、火花を散らせていることに気付いた。やばい、この状況どうしよう。

「ご主人さま！」

「みんな、大丈夫⁉」

今度は、テレサとリリスが慌ただしく駆け寄ってきた。

よかった、無事だったんだな。

「グラッド」

リヴも微笑んだ。

「手。せっかくだから握ってよ。宿に戻って、ぐっすりと休みましょう？　疲れちゃった」

それは、天使の微笑みのようで。

「……そうだな。当分は竜と戦いたくない」

手を取って、もう一度笑った。

――その時、動く影があった。

次の瞬間には全員が気付いたようだ。

確かに死んだと思っていたが、神竜に取り込まれたはずのファルギウスが姿を見せた。

「貴様だけは殺す！　グラァァァッド！」

ファルギウスの渾身の叫びが届くよりも早く、魔法円が赤く光り出す。

反射的にリヴを庇うように抱き寄せ、攻撃に備えた。

……しかし、予想していた痛みがやってこない。

代わりに耳へ届いたのは、少女の声だった。

「ご主人……ううん、ファルギウス……ボクの、恨みだよ……！」

閉じていた瞳を開く。振り返る。そこには心臓をナイフで貫かれたファルギウスと、白猫の姿。すぐにリヴが魔法を唱え、今度こそファルギウスは燃え尽きた。

「グラッドの姿が見えたから……追いかけてきたんだ。えへ、間に合ってよかった」

「シュシュ……」

白猫の背後には、数十名の猫人が立っていた。

「これで、終わったね」

そっと目を閉じて、立ち尽くす。

俺たちは神竜に勝利した。

Epilogue.　夢と決意

魔法都市ゼラム。

あれから二週間が経ち、俺は薄暗い廃墟に座っていた。

「ほら、これで楽になったか？」

ここはシュシュの住処だ。

目の前には、シュシュの弟が床についている。

鑑定スキルの診断によれば、心臓病。治癒魔法や万能薬では完全に治してあげることが難しかった。

……万能薬と呼ばれても、全知全能の薬ではないんだよな。

「お前はこれから、王都の治療院で手術を受けないといけない。意味がわかるな？」

弟は頷き、青白い半身を起こし、手を差し伸べてきた。

「ありが、とう」

弟は笑ってくれた。

「大丈夫だ、お前には未来がある。俺が保障してやるよ」

にひひ、と笑い、手を握り返した。

今回のファルギウスの動向調査依頼の報酬として、俺はシュシュの弟の手術を要求した。

領主は驚いていたが、すぐに了承してくれたことが嬉しかった。

儲けは無くなってしまったが、シュシュとの約束を守ることができた。

金よりも大事なことだ。

「グラッド……ボクね……」

「ん、どうした？」

今度はシュシュが、恥ずかしそうに俺の手を取った。そのまま手を引かれ、廃墟の屋上へと案内を受ける。

この廃墟は元々は豪邸だったらしく、多くの猫人が共同で暮らしている。角を曲がり、瓦礫を乗り越えるたびに、誰かと擦れ違った。

部屋にはそれぞれの大切な品が置かれており、可愛らしいぬいぐるみや、奇妙な人形、果てはボロボロになった剣など、普通なら捨てるであろうものまで大切に保管されている。

彼らは、必死に生きている。

どんなに迫害されようと、どんなに理不尽な目に遭おうと、挫けずに今日も前向きに生きている。

「ファルギウスは……世界を、変えたかったみたい……」

シュシュが教えてくれた。

「かつて、自分を迫害した人間を滅ぼして、人外だけの国を作りたかったんだって……」

だから、彼には支持者がいた。

本当は彼らを生贄のために利用しようとしていたのだが、それでも支持者にとっては、ファルギウスは希望の光だったのだ。

知ってしまうと、やるせない気持ちになるのは事実だった。

でも、後ろ向きには考えない。

他人を犠牲にしてまで助かろうとするのは、やはり何か間違っている気がするのだ。

「着いたよ」

シュシュが微笑む。屋上への扉を開けると、風が吹き込んできた。気まぐれな空は晴天を澄み渡らせ、流れる雲が平和を堪能させてくれる。

「これ、ボクの宝物だよ」

魔法都市を一望できる景色だった。

立派な塔も、魔法学園も、商業地区も、歓楽街も、すべて——すべてが両手に収まる絶景であった。夜になれば灯りが煌き、さらに幻想的な姿を見せてくれるのだろう。

「こりゃ凄いな」

「グラッドに、分けてあげるね」

「そうか、ありがとな」

「あの……。もうひとつもらってほしいものがあるんだ」

「なんだ？　もらえるものは喜んでもらうが」

「よかった」

シュシュは微笑み、抱きついてきた。頬に温かな感触がする。

タイミングよく、屋上の扉が開く。

「あ、グラッドここにいたのね。探しちゃっ――」

「ちゅ♥」

あ、リヴが石像のように固まってる。シュシュは恥ずかしそうに目を伏せると、悪戯っぽく舌を出して、俺から手を放した。

「今度は、続きをしようね」

少し沈黙してから、そう言ったのだ。ったく、ませてるな。

「つ、つ、続きじゃないわよー！　シュシュ！　何してるのよ！　抜け駆けは――」

とりあえず、リヴを落ち着かせないとだな。やれやれ。

†×†

魔法都市ゼラム、深夜の散歩。

雲ひとつない夜空の下を、滑るように歩いていた。

「グラッド、お疲れさまっ」

淑やかな微笑みを浮かべるリヴ。落ち着いた様子でこちらに歩み寄ってきた。

「大変だったわね。大罪神剣は見つかってないことになってるし」

「ああ……だがファルギウスを倒せたから、領主も深く聞いてこなかったな」

呪術騎士ファルギウスの死と、神竜インヴィンジブルの復活。

魔法都市にも被害が出たことで、大陸全土に知れ渡る大きな事件となった。

この都市の領主についてだが、ファルギウスを匿っていた証拠が屋敷から見つかり、王都へ強制連行される事態になった。新しい領主についてはこれから決めるそうだが、住民たちが喜んでいるということは……そういうことだろう。

「俺、やりたいことが決まったんだ」

「え、ほんと？　なになに、聞かせて！」

リヴと契約した当初は、夢なんて抱いてなかった。

でも、旅をして分かったことがある。

この世界はあまりにも、差別と偏見に満ちている。

悪魔というだけで、魂を封印されたリヴ。

奴隷商の都合で捨てられたリリス。

貧民街での生活をよぎなくされたシュシュ。

生贄という風習が許されたり、人外が差別されることが当たり前となった世界。

このままじゃ駄目だ。

孤児たちも立派に育てられるような社会を作らないといけないと思うんだ。

「俺、社会を変えようと思うんだ。貴族になって、少しずつ世の中を変えていきたい」

人外はむしろ、人間よりも優れた点がいっぱいある。

例えば、テレサのようなスライム族なら、狭い場所ならどこだって忍び込むことが可能だ。リリスたちラミアなら高い場所に上ることが得意とされているし、お姉さんのように獣人型なら、人間よりも体力がある。

そういった長所を見つけて、人外全体の地位を向上させていきたい。

「へぇ、グラッドらしいと思うわよ？　簡単なことじゃないけれど、人間も人外も手を取り合えるようになれれば素敵だと思うもの」

楽しげにリヴが声を弾ませる。そして、

「あたしも協力させてもらうわね」

「……いいのか？」

「当然よ、相棒でしょ？　これからも傍で手伝わせてもらうから」

さも当然と言うように、穏やかな口ぶりで答えてくれる嫉妬の大罪。

そのまま器用に目をつむって。

「でも、相棒以上の存在になりたいわね」

「おまっ、それってまさか……」

「ふふん？　ま、これからもよろしくね？　契約者さん」

そして彼女は歩き出す。仲間たちが待っている宿へ、歩いてきた道を引き返す。

「帰りましょう、グラッド！」

いつもの口調で、リヴは言った。

「へいへい」

——ほんと、勝てないよな。この娘には。

†×†

翌朝のことだ。外出したリリスが、勢いよく戻ってきた。

「わー、グラッドくん、すごいよ！　お祭り騒ぎだよ！　神竜インヴィンジブルの復活を阻止し、ファルギウスを倒した英雄がこの街のどこかにいるって！」

彼女が小脇に抱えていたのは、情報誌。

「それ、どうしたんだ？」

「ご主人さま、商店街に沢山置いてありましたよ？」

両面擦りの情報誌には、こう書かれていた。

——英雄ファルギウスの野望を打ち破り、神竜を退けた謎の青年現る。

「グラッドさんがどんどん高みへ登っちゃいますね」

「……俺もびっくりだ」

そうそう、お姉さんも一緒に旅を続けることになった。

狐少女もいるし、両親の仇も取れたし、商業都市に戻ってもらおうと考えていたのだが、ちょっと困った問題が発生したのだ。これである。

▼お姉さん（処女）
・レベル　：94
・職業　：破壊者

少し前までは受付嬢をしていたのに、人知を超える力を手に入れてしまった。

「最近、以前よりも物を壊すことが増えてきたんです。ちょっと壁に触れただけで吹き飛んでしまいまして……もしかして、呪術の影響でしょうか？」

「……違うと思う」

これは大罪神剣の固有能力『経験発現』と『成長分配』が重なった弊害であった。しかも神竜は桁違いの強さを誇るもんだから、倒した時に一緒にパーティーを組んでいたお姉さんのレベルが一気に上昇したらしい。今のお姉さんならファルギウスに対峙しても、盗賊千人に囲まれたとしても、戦場のど真ん中に放り込んだとしても、必ず無傷で戻ってこれるほどの能力となっている。

とりあえず、お姉さんのレベルについては忘れることにした。

なにしろ、俺にはまだ問題が残っているのだ。それは……。

「ご主人さまの隣に座りたいです！」

「私も、公平に行くべきだと思います」

「……貴方たち、夜、あたしを引き剥がしてグラッドと添い寝してたわよね？」

「「そ、そんなことしてないデス」」

旅のパーティーが、とても賑やかということだ。

「もー、リヴさんばかりずるいですよ！」

「お姉さんは、ご飯のときにベタベタしてるからいいじゃない……」

三者三様で水と油の如く、火花が散っている。その隙を狙ってリリスが巻き付いてきた。

「たまには、わたしもいいよね～！」

ニコニコと抜け駆けしたリリスだが、その背後に三人の鬼神が立っていることを伝えたほうがいいんだろうか。

彼女たちのやり取りが無性におかしくなって、俺は笑いをこぼしてしまった。

「グラッド、笑ってないで誰を選ぶか決めてくれないかしら？」

はい？

「ご主人さまは感情が読めないですからね！」

「この際だから、はっきりと聞きたいです」

「わたしも気になるかも〜！」

そんなに教えてほしいなら、答えてやろう。

「順番でいいだろ。そんなもん」

「そ、そんなもん⁉」

「ご主人さま、はっきり言いますね……」

ここで中途半端な態度を取れば、優柔不断と罵られることくらいは予想できる。

俺は悪くない。

「ねえ、グラッド。あたし、今が凄く幸せよっ！」

振り返ると、少女は笑っていた。彼女はもう、泣いてなどいない。

「奇遇だな。俺も同じだ」

俺たちの旅は続いていく。

誰に顧みらずとも、旅は続いていくのだ。

「グラッド……」

ふいに、リヴが俺に抱きつこうとして――。

「あらぁ、楽しそうじゃない。嫉妬の大罪神剣ちゃん？」

俺も、リヴも驚愕した。

弾かれたように立ち上がり、声の方へ顔を向ける。

窓の外に浮いていたのは、パチパチと拍手をする悪魔であった。

リヴを、知っている――？

混乱する俺に、悪魔は視線を流す。

「始めまして、契約者さん。それと……」

悪魔は、ぽん、と手を打ってから微笑んだ。

「ずっと決着をつけたかったわぁ、リヴちゃん、、、、」

「アスモデウス⁉　どうしてここに……！」

――色欲の大罪神剣。

三百年前の断罪戦争で、リヴが取り逃した相手。

吹き込む風に髪をなびかせながら、アスモデウスはそっと微笑んだ。

「これからね、世界が改変されるの！　大罪遊戯が始まるわっ！」


（レベル無限の契約者～神剣とスキルで世界最強～　第一巻　了）

Another Story.

お姉ちゃんはちょっとズレている
～半年前～

「おはようございます」

「えっ、お姉ちゃん？　もうお仕事の時間だよ」

冒険者ギルドで働く私の姉はちょっとズレている。

ネグリジェ姿でぼーっとした表情のまま、妹の私を見つめていた。

「？　なんのことですか？」

「冒険者ギルドの受付のお時間……もう始まってるよ……？」

そう伝えると、お姉ちゃんは、蒼白になった。

「嘘っ……、もうそんな時間でした⁉」

慌てて部屋に戻るお姉ちゃん。着替えに戻ったみたいです。

お姉ちゃんは整った顔立ちをしていて、スタイルも抜群にいいです。でも、性格はのんびり屋だったりします。

「いってきます！」

慌てて、お姉ちゃんは孤児院を飛び出して行きました。

そう、ここは孤児院です。

本当ならもう独立しているお姉ちゃんは一緒に暮らせないのだけど、妹の私が呪術を受けて、常に体調が悪いから……、特別に一緒に暮らさせて頂いている身です。

今日は調子がいいから、お姉ちゃんの部屋の掃除をしてあげようかな？

そんなことを考えて共同リビングへ向かうと、可愛らしいお弁当箱を発見。

これ、お姉ちゃんのだよね？　もしかしてお弁当を忘れたのかな？　隣には何年も使っている財布が置かれてるし、このままだと今日は飢えちゃうかもしれない。

「…………こっそり、届けに行っちゃおうかな？」

外出することは禁止されているけど、たまにならいいよね？

今日は神父様もお出かけしているので、私が抜け出すのは簡単です。

冒険者ギルドは都市中央にあるので少し離れてるけど、場所は知っているからすぐ行けると思う。あとは迷子にならないように注意しよう。

冒険者ギルドってどういうところなのかな？　今から楽しみだなぁ。

†×†

「大きな建物です……」

三十分後、冒険者ギルドを発見しました。ここでお姉ちゃんが働いているはず。

「どんな人たちが働いているんだろう……？」

お姉ちゃんはお仕事の話をあまりしないので、もしかして辛い職場なのかな?

冒険者ってすぐに怒るような人や、乱暴な人も多いみたいだし、不安だよ……。

何事も起きないといいなぁ……。

深呼吸してから、冒険者ギルドの扉に手をかけると、

「お姉さん、オレと付き合ってくださいっ!」

「わかりました」

えっ。

扉から入ってすぐ、冒険者たちの依頼受付カウンターでそんなやり取りが聞こえてくる。

お姉ちゃんが告白されて、それをあっさりと了承したように見えたけど……。

「本当か!?　そうか、やっと想いが通じたか!」

「ふふ、当たり前じゃないですか」

うん、勘違いじゃない。

お姉ちゃんは、嬉しそうに歓喜する男性に向かってニコニコと笑っている。

そっか、お姉ちゃんも異性とお付き合いするんだね。おめでたいことだ。

妹として精一杯、お祝いしてあげよう。

「それじゃ、行きますよ」

そんなことを考えていると、お姉ちゃんは鉄球を取り出して――鉄球？

「てりゃっ！」

そのまま勢いよく振り落とした。告白した男性に向かって。

バキィ、ぱらぱら――……、

床が砕け散りました。

「あの、お姉さん、何を……？」

先ほど告白した男性が、私の気持ちを代弁してくれました。

「えっ？　戦いの稽古に付き合ってほしいってお話でしたよね？」

お姉ちゃん、思いっきり意味を間違えてる！

男性は気まずそうに「やっぱり忘れてくれ……」と告げると、がっかりと肩を落として外へ出て行きました。

改めて、お姉ちゃんの鈍感ぶりを思い知りました。

「お姉ちゃんって、天然だよね」

「あれ、どうしてここに？」

「お弁当を届けにきたの。でも、床を壊しちゃって大丈夫なの？」

「今日の午後に修理予定の箇所なので、問題ないですよ」

人前で武器を振り回したことが問題じゃないのかな。

もしかしてお姉ちゃんって、ギルドでも問題児扱いを受けているとかないよね？

ま、まさかね？　あはは。

「お弁当を届けてくれたことは嬉しいのですけど、それだけのために来てくれたのです？」

「うん。体調が良かったから、神父様が許可をくれたんです」

「……本当ですか？」

急にお姉ちゃんの視線が鋭くなる。疑っている目だ。嘘を見透かされているみたいで、
正直に話さないと怒られるかも……ひう。

「……勝手に外出したのですね？」

びくっ！　図星をつかれて、思わず背筋が伸びる。

「もうっ。勝手に外出をしたら駄目だって言ったじゃないですか？」

「ごめんなさい……」

「でも」

お姉ちゃんの瞳から怒りの色が消えて、代わりに嬉しそうな笑みを浮かべてくれます。

「私のためにお弁当を届けてくれたんですね。ありがとうございます。ふふっ」

——なでなで。

カウンターから出てきたお姉ちゃんは、私の頭を撫でてくれました。

周囲の冒険者さんたちが微笑ましく見守っていて、なんだか恥ずかしいです。

「もうすぐお昼ですから、一緒にお弁当を食べませんか？」

「……いいの？」

「はいっ。いつもの食事なので質素ですけどね」

「お姉さん、依頼いいかい？」

「あ、はい。すぐに向かいます！」

しばらく眺めていると、お姉ちゃんは多くの冒険者さんたちから頼りにされてました。

「あのぅ、お姉さん……」

あ、今度は女性の職員が声をかけてます。

「どうしました？」

「ス、スカートがめくれてますよ」

あ、ほんとだ。お姉ちゃんはいつも無防備だから危ないなぁ。

もし背中を向けていたら、みんなに見えちゃってたかも。

「ああ、それなら平気ですよ？」

「そうなんですか？」

「ええ。だって今穿いてるのは――妹のですから」

えっ……お姉ちゃん、今、何て言ったの……？

「今朝、慌てていたので下着を間違えてしまったみたいなんです。うっかりですね」

本当にうっかりだよ？　普通は間違えないよ？　しかも見られたら私が良くないよ？

『私のじゃないから恥ずかしくないもん』みたいな無茶苦茶な理論、どこからきたの？

誰にも見られなかったのが不幸中の幸いかもしれない。

お姉ちゃんと一緒だと退屈しないなぁ！

†×†

「はぁ、はぁ……」

孤児院に帰るより、お姉ちゃんを待って内心で突っ込みを入れる方が疲れている気がするんだけど、気のせいかな？

午後を回った頃、ようやくお姉ちゃんが戻ってきました。

「遅くなってごめんなさいね。お弁当、食べましょうか」

「はいっ！」

お姉ちゃんは料理が得意でお弁当も自分で作っています。

でも他の孤児たちの栄養バランスを優先しているので、自分のお弁当はかなり質素です。

残り物や野菜が多かったりしますが、一緒に食べられるだけで嬉しくなっちゃいます。

「ふふ、やっと嬉しそうな表情を浮かべてくれましたね」

「えっ？」

「最近、ずっと寝たきりだったでしょう？」

そういえば、ここ二週間くらいは寝たきりだった気がします。

「私、最近は夜も帰りが遅くて、朝の短い時間しか妹とお話できませんでした。だから、こうして会いに来てくれて嬉しかったんですよ」

たしかにお姉ちゃんとゆっくりとお話をするのは、かなり久しぶりかもしれません。

「わざわざ来てくれたのですから、少し街をご案内しますよ」

「えっ、いいの？」

「もちろんです。ただし散歩だけですけどね」

「はい、とても嬉しいです！」

街を満足に歩いたことがなかったから、嬉しい提案です。

窓からの景色って変わり映えしないから、どうしても飽きちゃうし……。

「私、お姉ちゃんの仕事姿が見られて良かったです」

「？　そうですか？」

「一生懸命に働いてて、格好よかったです」

「ふふ、そう言われると照れちゃいますね」

お姉ちゃんは嬉しそうに笑ってくれた。

私も元気になったら、お姉ちゃんみたいになりたい。

みんなから慕われて、懸命に働いているお姉ちゃんは魅力に溢れているから。

私には眩しいくらいだもん。

「大丈夫です。今に呪術も解けて、普通の暮らしができるようになりますから」

「そ、そうかなぁ……」

「ええ、そうですよ。親切な旅人さんがひょっこり現れて、一瞬で治してくれるかもしれませんよ」

「あはは、そんなことありえないよー」

「……元気を出してくださいね」

「お姉ちゃん？」

「今は辛いかもしれませんが、必ず元気になれますから」

お姉ちゃんの顔はお日様のように温かくて。

私も、頑張って呪いに立ち向かわないといけないと思った。

「さて、それじゃ街を見て歩きましょうか。休憩時間の許すかぎり、どこへでも連れて行ってあげますよ？」

「ほんと？　それじゃ公園に――」

お姉ちゃんと私。

性格は似てないけど、たった二人だけの家族。

呪いとか関係なく、過去を忘れることができたら……。

そのときは心から笑い合えるように、今は頑張って生きていこうと思う。

呪いが解けたら、お姉ちゃんみたいになりたいから――。

あとがき

こんにちは、わたがし大五郎です。

二シリーズ目の刊行をして頂けました！　お知らせしたいことは沢山ありますが、今回はあとがきが一ページしかないので簡潔にいきます！

まずは「小説家になろう」と書籍で、設定が大きく変わっていることです。「小説家になろう」連載の当作品も修正したのですが、登場人物などを深く掘り下げております。

次の巻は色欲のアスモデウスが中心のエピソードとなる予定ですが、内容的にはがっつりコメディの話です。テレサやリリスなど、今巻ではやや不遇だったことは否めないので、その分も挽回させてあげられたらな、と。

さて、今回は秋咲りおさんの美麗イラストが眼福です！　本編挿絵ではヒロインたちの魅力溢れるイラストを描いてくださったので、じっくりご鑑賞ください！

今回も担当さんには感謝しかありません。校正者様、営業様、デザイナー様、各書店様、友人K&S様、そしていつも応援してくださる読者の皆様に最大のお礼を申し上げたいと思います。

それではまた次巻でお会いできることを願いまして。

TOブックス
嫉妬VS色欲
因縁の対決の行方はいかに――!?
見てくれないと暴れちゃいますよ☆
レベル無限の契約者2
Contractor on an Infinite Level
～神剣とスキルで世界最強～
わたがし大五郎
イラスト◆秋咲りお
5月10日発売決定!!

レベル無限の契約者～神剣とスキルで世界最強～

2017年2月　1日　第1刷発行
2017年2月10日　第2刷発行

著　者　わたがし大五郎

発行者　本田武市

発行所　TOブックス
〒150-0045
東京都渋谷区神泉町18-8　松濤ハイツ2F
TEL 03-6452-5678（編集）
0120-933-772（営業フリーダイヤル）
FAX 03-6452-5680
ホームページ　http://www.tobooks.jp
メール　info@tobooks.jp

印刷・製本　中央精版印刷株式会社

ISBN978-4-86472-548-4

Printed in Japan